宇宙の鼓動 II

――神の礫編――

ノーマン・リキヒサ

Norman Rikihisa

東洋出版

宇宙の鼓動 Ⅱ

神の礫《つぶて》編

ノーマン・リキヒサ

目次

序

宇宙が発見されたのは、つい昨日のことである……一〇〇万年ほどのあいだは〝地球のほかはどんな世界もない〟ということが誰にとっても明らかであった。

しかし、人類が地球上に現れてから今日までの年数の最後の〇・一パーセントにあたる期間……つまり、アリスタルコスから今日《こんにち》までのあいだに我々は、イヤイヤながら我々が宇宙の中心にいるのでもなく、宇宙が我々のためにあるのでもないことを知った。

地球という惑星は、どちらかと言えば小さな壊れやすい天体で、我々はそこに棲《す》んでおり、我々の世界は、広大な空間と、永遠の時間のなかを彷徨《さまよ》っている。

宇宙の巨《おお》きな海にはあちこちに、何千億個もの銀河が散らばっており、一兆の一〇〇億倍もの恒星が散らばっている。

そして我々の世界は、巨きな宇宙の海のなかを今もなお漂い続けている。我々は大胆にその海の水を取って、調べて、その海が我々の好みに合っており、我々の性質と共鳴するものであることを発見した。

我々の何かが〝宇宙は我々の故郷《ふるさと》〟であることを認めたのである。

我々人類という〝種〟は、体が星の灰で出来ている。

我々の起源や進化は、はるか彼方の宇宙の出来事と深く結びついている。

したがって、宇宙の探検は、自己発見への大いなる旅なのである。

古代の神話作者は、我々が天と地の子供であることを知っていた。

我々はこの地球上に棲《す》むようになってから、進化の危険なお荷物を抱え込んでしまった！　それは攻撃欲や、儀式欲、指導者に屈服《くっぷく》をすることや、外部の者に敵意を持つことなどの、遺伝的性質である。

そのような性質のために、我々が今後もこの地球で生き延《の》びていかれるかどうかが、いささか疑問となっている……。

しかしながら、我々は他人に対する同情心や、自分の子供や孫に対する愛情、歴史に学ぶ気持ち、偉大で情熱的な知能を持っているが、これらは我々が今後も生き延《の》び、繁栄《はんえい》し続けるための明らかな道具である。

我々の性質のどの側面が優《すぐ》れているのかはわからない……。特に我々の視野とか、理解や展望が、地球だけに限られているときは、我々の性質のどの側面が勝《まさ》るのかはわからない。

しかし、広大無辺な宇宙では、逃げることのできない展望が我々を待っている。

地球のほかにも、知的生物がいるという可能性は否定《ひてい》はできなくても、その確たる証拠《しょうこ》を、ほとんどの人類は知らない……。

したがって我々のような文明人は、いつも容赦《ようしゃ》なく、無鉄砲に、自己破滅へと突き進んでいくのかどうか、我々は疑問に思う。

我々人類はいま、偉大な事業に手を付けている……。もし成功すれば、それは我々の祖先が、海から陸にあがったり木から降りたのと同じくらい、重大な出来事になるだろう！

宇宙への進出にためらいながら我々は、恐る恐る地球の足カセを断ち切ろうとしている……。

二

人類がこの地球上に現れてから、数百万年しか経っていない。

この地球上で一般的な文明が生まれてから、まだ一万年しか経っていない。

現代的な形の科学的考えが生まれてから、まだ数千年しか経っていない。

人類が技術文明の時代に入ってからは、まだ数百年しか経っていない。

我々人類が電波望遠鏡や、核物質や、無人、有人の宇宙船を持ってからは、まだ数十年しか経っていない。


もし、進歩した宇宙のなかの文明世界の異星人が、我々の太陽系にやって来たとしたら、我々はそれについて何もすることができ得ないであろう……。

彼ら、異星人の科学とその技術は、我々のものよりもはるかに進んでいるだろう。

我々が出会うかもしれない進歩した文明世界の異星人たちが、何らかの悪意をもってはいないかと心配してみたところで、現状では何の役にも立たない。

地球以外の惑星の文明人たちとの出会いを我々が恐れるのは、我々の後進性の表れにすぎないのかもしれない。

地球外の文明人との接触《せっしょく》が、我々自身の文明におよぼす影響は愕《おどろ》くべきものである。異なる文明の科学、芸術、音楽、政治、倫理、哲学、宗教、その他ほとんどすべてのことを我々が知ることができたら、また、我々人類の視野は限りなく大きく広がるだろう。

三

地球上ではかつて、ルネッサンスと言われた時代があった。

人間は進んで視野を広げる努力を続けた。

そのために、船を仕立てて、地球上の遠い所へと出掛けていた。

それは、大航海時代という冒険の世紀であり、次々と新しい大陸が発見された。

時代は進み、科学万能の時代となった現代では、もう、新大陸の発見はすでになくなってしまった。

科学も、冒険も、それは人間の夢見る心の表れなのであろうか！

ともあれ、夢見る心に促《うなが》された人類はいまや、オズオズとながら地球という揺籃《ようらん》の外へと歩き出すようになった。

そして人間はすでに、月面に立ったし、外惑星にまで探査の枠《わく》を拡《ひろ》げ、天空には宇宙ステーションが創られて、そのなかでは男女の宇宙飛行士たちが、長期間滞在ができる時代を迎えるようになり、めざましい進歩を遂《と》げて、すでに二十一世紀をスタートしている。

このことは、元《もと》はと言えば、本当のことを知りたいという人間のごく自然な、そして素《そ》朴《ぼく》な気持から出発したのである。

そして科学は宇宙に目を向け、宇宙と人間の生命が、切っても切れない関係で結ばれていることを知るまでになった。

気がついてみると、人間は自分たち自身が宇宙人だった。だから、宇宙について本当のことを知ろうとするのは、自分たちの本当の姿を知ろうとするのと同じことである。

また、現実に人間が宇宙に探査の目を向けるようになって、地球外知的生物は正統な研究の対象として、科学の世界に市民権を得るようになった。地球外知的生物は存在するのか。もし、存在するならば人類はどのような手段で彼らと交信し、どんな対話ができるだろうか。

地球外知的生物の探査は、人類に関する宇宙的文脈《ぶんみゃく》の探査でもあろう。我々が何者であるのか、我々はどこからやって来たのか、また我々の先祖がかつて夢想《むそう》したよりも、その拡《ひろ》がりにおいても、持続においても、はるかに巨大な宇宙のなかにあって我々の未来には、どんな可能性があるかについての探査なのである。

つまり、地球という小さな世界から天を仰いで宇宙のことを考えるのではなく、宇宙全体のなかで、人間の立場や、生き方を考えようということなのである。

未知なる知的生物とのコンタクトは、地球文明におよぼす影響は測《はか》りしれない巨きなものとなっていくに違いない。

古代天文学

宇宙という言葉は古代の中国で生まれた。
宇宙の〝宇〟とは、空間が無限大に広がっていることを意味している。
宇宙の〝宙〟とは、時間が永遠の流れになっていることである。

文明以前の人間の生活は、想像以上に天体とか大自然に一体感をもっていた。
そして宇宙や大自然に、感謝と賛仰《さんぎょう》をもち、その謙虚《けんきょ》さから天空と人間を深く解釈する宇宙観が出発をした。

人類は古代から民族のあいだで、神話や伝説に必ず、それぞれの宇宙観が散りばめられて、常に宇宙や大自然との生活と一体感をもって生活を営んできている。

果てしなき宇宙や大自然に、深くそして強き憧憬《どうけい》を抱《いだ》いていたのであろう。

朝に力強き生命力を放《はな》って昇る太陽を仰ぎ、夕べには天空を紅《あか》く染める夕陽……そして夜には無数なる星辰《せいしん》が輝く絶妙なる大宇宙と自身に、深遠《じんえん》なる素朴な人間の真理の証《あかし》を直感していたのであろうか。

また、古代人たちは科学の知識はなくとも、昇りゆく太陽や、星々を深く観察し、星座の移動で移りゆく季節を知り、日の出や陽の入りの位置の変化で、その季節の変わりめを知っていた。

そしてまた、日食や月食に周期性があることに気付いたり、狩猟《しゅりょう》や、遊牧《ゆうぼく》や、漁業にたずさわりながら、種まきの時期も、狩りや遊牧の良き季節も、漁業の好期も、様々な経験から学びとり正確にそれらを知っていた。


人間と、宇宙と、大自然との感応《かんのう》がなせる本然的な知恵をもっていたのであろうか。

そうした天体を含めた宇宙と相関したうえに、何千年来生きてきている人類の本能的な生命の一念というものは、科学の知識はなくとも、昇りゆく太陽や、降り注ぐ恵みの雨などと、大自然の作用を日常の経験から深く学びとってきている。

そうした不思議な天体の運行というもののなかから、天象《てんしょう》や地象《ちしょう》を把握《はあく》し、宇宙と自然と人間の密接なる関係を素朴ながら人間の証《あかし》として、直観智《ちょっかんち》ともいえる大自然界のあくなき深い憧憬《どうけい》を抱いていたことは当然なことであったのだろう。

そして太陽への感謝と賛仰《さんぎょう》が、古代人の生命のなかに芽《め》ばえ、そこに素朴なる古代宗教が生まれていた。エスキモー人から日本人にいたるまで、地球上のほとんどの民族のあいだで、太陽神の信仰があったのだ。

古代人たちが種まきの時期をおのずと知り、狩りや遊牧や、漁業の好期を正確に知り得たのは、それらを体得していなければ、自らの「生と死」を分けてしまうことからくる本然的な知恵がわいていたからなのであろう。

過去から現在、そして未来も、大自然を離れての人生はないし、宇宙を離れての地球も人類もなく、この関わり合いは、未来永劫《えいごう》にわたる真理である。

このように文明の起源がはじまる頃、天文学の起源と、文明は、大体において一致していると言える。

ちなみに、「考える」という言葉のその語源は、星からきており〝惑星と共に《コンシダー》〟と言う意味があり、惑星と人間との関わり合いを真剣に考えていたことが、そうした言葉になっているようである。

このような古代人たちが必ずしも、理屈や知識を知ったうえでの天象や地象や気象を把《は》握《あく》してきたとは限らないが、自然現象の流れや天体の運行と密接に関係をもってじかにそれらを経験し、体得をしていきながら、森羅万象《しんらばんしょう》の実相《じっそう》と直結できたことも、一面の真実であると言える。

そうした意味では、古代人たちは素晴らしき〝天文学者〟であったと言えるであろう。

また、日食が始まると鳥たちの鳴き声は止み、暗闇《くらやみ》の数分間、森はじっと息を殺して沈黙を守り抜いて、太陽が再び姿を現したその刹那《せつな》、鳥たちは勢いよく飛び交った。

そして太陽の光とともに、森林は素晴らしき活力を取り戻した。

さて……その太陽であるが、地球から太陽までの距離は、一億四九六〇万キロも離れているが、もし、地球が太陽にあと三〇〇万キロ近くても、また遠くても、我々人間を含めたすべての生物は存在しないのである。

生命を維持するための最も重要な水が、凍りもせず、蒸発もせずにいられる距離は、一億五〇〇〇万キロ……！

この遠からず近からずが、生命を生み、育《はぐく》む条件なのである。

二

地球上のいくつかの場所で、古代人の残した遺跡が見つかっているが、そうした遺跡が残るなかには、太陽や、月や、明るい星々の運行を観測する目的で建設されたと推測されるものも多い。

これらが実際に天文観測に利用され、古代人の心のなかに、既《すで》に時間の概念《がいねん》が芽生《めば》えていたことになる。

彼らの見い出した時間概念は、自然現象、特に天文現象における周期性の発見に関係があった。

月は、彼らの最も身近な存在であっただろうし、天空上の月の運行から、周期的な時間が発見され、そして太陽や、明るい星々の周期も見出されている。

これらの運行と季節の推移《すいい》との関係から季節を測《はか》れることに気付き、ひいては一年という長い周期的な時間の発見にもつながっていったのであろう。

また金星や木星などの明るい星も、同様に時を測るための天体として利用された可能性があることは間違いない。

では、天体の運行を古代人がどの程度まで詳しく観測していたのだろうか。

文書による記録はまずないから、遺跡の構造などから推測《すいそく》するしかないが、天文現象についてはかなり深い知識をもっていたのではないかと想像されている。

天体の運行を詳《くわ》しく観測する過程で、その天空をいかに見るかというところにまで思考が広がり、宇宙観とでも呼ぶべき物の見方が古代人の心のなかに育《はぐく》まれていたのであろう。

彼らは農耕以前の時代にも、太陽や月の運行を観測していたことを示唆《しさ》する遺跡や石器が残されているので、かなり古い時代から天文観測が行われていたと考えられる。

これらの事実は、新大陸古代人を含めて旧石器人などによって、天文観測がなされていた可能性を推定《すいてい》させるのである。

彼ら古代人がどんな宇宙像を心に描いていたのかは想像するしかないが、繰り返す周期的な時間概念は、既《すで》に確立していたであろう。そうでなかったら、天文観測を行うなどという行動は採《と》らなかったはずである。

イギリス古代農耕民の天文台として、紀元前二〇〇〇年前後に、イギリス本土に住んでいた古代人たちは、石を環状に並べた環状列石遺構《かんじょうれっせきいこう》を数多く残しているが、そのなかで際立《きわだ》つ例が〝ストーンヘンジ〟である。

このストーンヘンジが実は、太陽と月の天空上の運行を観測する天文台であったことの立証は、六〇年代になってアメリカのスミソニアン天文台のジェラルド・ホーキンズによるIBMコンピュータの計算で、初めてなされている。

環状列石を築いた古代人は、季節の推移《すいい》と太陽の天空上の通り道である「地球から見て一年間の太陽の軌道を表す天球上の大円」黄道《こうどう》との因果《いんが》関係について、当時、十分な知識を持っていたのは確かであろう。

そうした観測によって彼らは〝時〟の概念を発展させ、自分たちの生活に何らかの指針《ししん》を得ていたに違いない。

このことから考古《こうこ》学的に、彼らは農耕《のうこう》の民であったことが確かめられている。

紀元前三〇〇〇年紀に、中東のチグリス、ユーフラテスの両河川《かせん》流域に、古代バビロニア文明が繁栄《はんえい》していた。

この文明にあっても、太陽と月の運行が観測されており、金星の運行から見た一年の長さが、三六五日であること、月の相の変化の周期がほぼ二九・五日になることも知っていた。それは一年を通じて太陽が黄道上《こうどうじょう》を移動していく割合から、我々が現在使っている円の一周が三六〇度とする概念をつかんでいたのであろう。

それなのに彼らが使った暦《こよみ》は太陽暦であった。日食や月食に関する詳しい観測から、後に、サロスの周期として知られることになる日食の周期性についても、すでに気づいていたのはまったく驚きである。

また古代エジプトでは、太陽に準拠《じゅんきょ》して、一年が三六五日であることが発見され、太陽暦が使われていた。

しかし、彼らが農耕のために季節変化を予測するのに利用した天体は、全天で最も明るい恒星《こうせい》であるシリウスであった。

そのシリウスが日の出の直前に、東天《とうてん》に上がってきた時期が、ナイル川の氾濫期《はんらんき》なのだが、この時期に古代王国が成立したことから、この天体が季節を測る基準とされたのであろう。

だがしかし、シリウスの運行と太陽暦とのあいだには、太陽の日一日に対し、約四分のズレがありこの差にも、古代エジプト人たちはすでに気が付き、一四六一年後に、シリウスと太陽は天空上で同じ幾何学《きかがく》的配置に再び戻ることを発見している。

そのうえでこのズレを補正《ほせい》する工夫をしている。星座に関するアイデアは古代バビロニア人にもあったが、これを太陽の天空上の運行と結びつけて、古代エジプト人は三六の星座と太陽の位置との関係を調べ、一日の時間という概念に到達している。

夏の夜は短いが、夏至《げし》の時には十二個の星座が夜間に天空を経過することになる。これに基《もとづ》いて夜間を十二時間とし、同様に昼も十二時間とした。

これだと、一年を通じて一時間の長さが伸び縮《ちぢ》みするがこれも許容《きょよう》し、一日を二十四時間としたのである。

現代の一日を二十四時間とする決まりは、古代エジプトに発し、またこれと古代バビロニアの六〇進法とが結びついて、現在の計時《とけい》法が出来上がったことも忘れるべきではないだろう。そして古代エジプト文明は、太陽神を崇拝《すうはい》する国家として成立していた。

さて、紀元後の中央アメリカに栄えたマヤ文明は、金星の天空上の運行を観測して得られた金星暦を用いていた。

〝明けの明星《みょうじょう》〟と〝宵《よい》の明星《みょうじょう》〟として知られるこの天体は、地球から見て約五八四日で同じ天空上の位置に戻ってくる。

赤道に近く、季節の推移《すいい》がはっきりと感じられないために、金星の運行を周期的な時間の表示に利用したのであろう。

古代マヤ人は、〝絵文書《コーデックス》〟と呼ばれるものに絵文字を書き込んで保存していたが、それらにマヤ文明の天文学、暦、神学や祭祀《さいし》などが記録されている。

現在このコーデックスは四つ見つかっているが、それらのなかのドレスデン・コーデックスには、金星の周期、日食の予言表、神学上の暦表などが書かれている。

また、最近になって発見されたグロリア・コーデックスにも、金星の運行と信仰との関係や、占星《せんせい》術の記述が収められている。

そしてマヤ人は、太陽暦の一年の長さが三六五・二四二一日になることを発見した。

この長さは現在知られている一年の長さと非常に近いものである。

これは、一万年ものあいだに、たった二日の狂いが生じるにすぎないのである。

またマヤ人は、二〇進法を用いていたが、こうした精密な観測とのあいだに何かの因果関係があったのかどうかは、現在もまったく不明である。

こうした精密な観測をしたマヤ文明の天文台として、現在も残っているものに、チチェン・イッツァのカラコル天文台がある。

一五一九年、スペイン人たちが現在のメキシコ市のテノチティトランに侵攻《しんこう》し、その威《い》容《よう》に瞠目《どうもく》したと言われている。

そこはメキシコ最後の古代文明帝国であるアステカ帝国の首都《しゅと》であった。

この文明では、トウモロコシを主作物とする農耕に恵みをもたらす太陽が注目され、太陽その他の天体の運行を詳しく観測していた証拠や、天文台と思われる建造物がいくつか見つかっている。

この文明の暦では一年の長さが三六五日であった。実際の一年はこれより約四分の一日だけ長いので、その補正をするために詳《くわ》しく太陽を観測していたと思われる。

アステカ文明は、二〇進法を用いており、それに由来《ゆらい》する暦もあった。

また、一から十三までの数字を二〇個の絵文字と組み合わせて、一年を三六〇とした。

この暦と太陽暦の一年との最小公倍数は、太陽暦の五二年分に相当するのだが、この文明は十三を特別な数と信じていたらしく、天上の世界は十三重の層からなるとされており、これを下から順に見たとき、下側五層は、月、星、太陽、金星、彗星の通る道であり、その上の七層はいろいろな色の天界とした。

また最上界は、オメヨカンという最高神の住処とされていた。

このような宇宙像の起源は不明であるが、マヤ文明と同じように詳しい天体観測がなされており、その農耕文明を支えるのに利用されたと思われる。

南アメリカのペルーを中心としたアンデス地方に栄えたインカ帝国にも、太陽の神殿という建造物が残っている。

それは同帝国の首都であったタスコの北方の標高二七〇〇メートルの高地に在る。

インカ遺跡のマチュ・ピチュは、神殿の並ぶ信仰の場であったとされているが、これも太陽を祭る神殿であったのであろうか。

というのも、ここの墓に埋められている骨が女性のものばかりであることから見て、神に仕えた〝太陽の処女〟たちの遺体であったと思われるからである。

この遺跡の一角にインティ・ワタナと呼ばれる場所が在るが、ここには巨石を刻んで作ったポールが一本立っており、日時計として利用されていた。

現在でもアンデス一帯では、冬至《とうじ》にインティライミという太陽の祭りが行われるが、この祭はかつて行われていた太陽の祭祀が現在まで残ったものである。

またインカ帝国は、太陽を崇拝する宗教を信じていた。

このことは、遺跡のほとんどが太陽観測に関係しているところから納得される。

ペルーと言えば、インカ成立以前の時代に海岸の砂漠《さばく》に描かれた〝ナスカの地上絵〟を忘れることはできない。

その巨大な絵は、猿、鳥、クモ、コンドル、大トカゲ等の動物や、花を描いている。

これらの絵は乾いた大地に残る赤黒い大小の石を取り除き、地面を露出させることによって描かれているが、動物などの絵の他に、幾何学的線模様が縦横に引かれているのも、実に不思議なことである。

こうした絵や、線が、いったいどんな目的でどのようにして描き出されたのだろうか！

これは、天文現象の観測との関係を考える人もいるが、はっきりとしたことは未《いま》だにまったくわかってはいない。

しかし、農耕文明と何らかの関わりがあったと考えられるが、明確な手掛かりとなるとまだ発見されてはいないのである。

ナスカの地上絵は、様々に諸説があるが、その実態は現在でも深い謎のままである。

以上のように古代人が天文観測を行っていた遺構は、世界の各地に残っているが、彼らが心に描いた宇宙観も、こうした文化遺産を研究することによって、現在ではある程度まではっきりとした推測ができるようになってきた。

彼らが観測したのは身近な天体である太陽や月、それに金星などの明るい星々だった。

そうした天体を詳しく観測して、正確な時の移り変わりをやがて知ることになった。

このような文字のなかった時代に生きた古代人の天文知識や、天文観測に関する研究の分野は、天文考古学とか、考古天文学と呼ばれている。

三

宇宙にはロマンがあり、永遠があり、広大無辺なる生命の拡《ひろ》がりがある。

そして宇宙は、その神秘を探ろうとする人間の英知の世界でもある。

宇宙を想うとき人間の境涯《きょうがい》は無限に拡がり、そこに、かけがえのない地球と人類への自愛の念も触発《しょくはつ》される。

人間は外的世界を探検したいという基本的な衝動《しょうどう》を常に感じており、これに応《こた》えて、自然に発達したのが天文学であろう。

前述したように、最も初歩的な段階の天文学は、紀元前七〇〇〇年の頃で、それまでの狩猟、採集生活から、農耕中心の生活に移行した頃である。

天空を研究することによって古代人は、例えば四季のような天文学上の事象に明るくなり、その結果、農耕を計画的に行なったり、また生活全般にわたってその水準を高めたりすることができるようになった。

そのことは、天文学を一見しただけで、この研究がじつに世界の各地で行われていたことがわかる。

またチグリス・ユーフラテス両河川のあいだの平原に住んでいたメソポタミアの古代人たちは、ニネベが滅ぼされた紀元前六一二年に至る幾世紀ものあいだ、古くから極《きわ》めてすぐれた天文学の伝統を創り上げてきた。

また彼らは、星座や惑星を詳細に観測し、その結果を粘土の平板に記録していた。

これらの記録は、今日《こんにち》の天文学者にとって興味深いものであり、そのほかの古代世界の国々も、天文学思想の発展にすばらしい貢献をしている。

マヤ族、ギリシャ、中東、インド、中国、南米などが含まれる天文学は、そもそもの出発点から、一国や、一民族の境界内に閉じ込めることのできない学問であった。

その後、ニュートンの時代から第二次世界大戦集結までのあいだに見られる天文学の進歩発展のなかで、その主なものはほとんど、例外なく西欧と北米諸国によるものであり、一九四五年以降、ソ連、日本、オーストラリアが、少し遅れてインドと中国が頭角《とうかく》を表し、天文学の研究に本気で取り組んでいる国々の仲間入りをするようになった。

天文学は、国家間の抗争《こうそう》や憎悪《ぞうお》を超《こ》えて人々をつなぎ、共通の目標に向かわせることができる……。

多くの国々の共同的努力によって得られた豊富な知識を、一国や二国の専有物とみなすわけにはいかないのである。

それは、人類全体を豊かにするためのものであったからで、故に、人類を地球的規模で一致団結させるのに役立たせなければならないのである。

現代の地球は、人間同志の角突《つのつ》き合いが絶えず、悩まされているが、宇宙科学の発展の結果として現じられるであろう新たな視点から見れば、そのような争いなど取るに足らないものであろう。

人類が地球の歴史に想いを馳せ、更に広大なる天空を見上げて生きれば、心の狭《せま》い争いの愚《おろ》かさと、平和の大切さに気付くことであろう。

荘厳なる永遠を仰いで進めば、小さなエゴの対立など、あまりにも空しいことであろう。

究竟《くきょう》という名の風

ハワイのホノルル市に在るタンタラスの丘には、その日も心地よい風が舞っていた。

篠原修と妻のエレナが住むマノアの住宅の下を走るマノアロードの路傍《ろぼう》には、名も無き雑草のなかの一輪の花が、地をかすめる風の音のなかで優しく揺れながら微笑《ほほえ》んでいた。閑静な住宅が佇《たたず》むしょうしゃな家々が、貿易風が遊ぶ上空を乱舞する小鳥たちを見つめているような穏《おだ》やかな時が流れていた。

篠原修はいつものように一人でマノアロードを散歩しながら、風に戦《そよ》ぎ路傍に咲く一輪の淡い紫色をした可憐《かれん》な花を、無作《むさ》の心でじっと見つめていた。

花にも美しき相があり、性質があり、体があり、花の潜在的な力や、秘められたその力が外に向かって働きかける作用がある。

また物事の起こる直接的原因、そしてその因を助ける間接的な原因や条件があり、またその縁によって生じる結果が事実となって外に現れ出る。

このことは、森羅万象《しんらばんしょう》の諸々《もろもろ》の自然界の法則とも言えるが、仏法《法華経》で説く〝相、性、体、力、作、因、縁、果、報〟つまりそれは、すべての衆生《しゅじょう》とその環境世界のなかで、あらゆる、天象、地象の確かな現実の現象のことを指している。

森羅万象のありのままの実相を究《きわ》めるということを究竟《くきょう》というが、ただ物事の表面だけを見るのではなく、あらゆる現象のありのままの姿の生命というものの拡がりや、奥行きをあますことなく捉《とら》えていくことを、路傍《ろぼう》に咲く一輪の花から、篠原は観じとっていた。

このことを人間に例えてみたら、人間の顔立ちや背格好を相と見て考えられる。

外には見えないがその人の心のなかにあるもの……例えば気が短い、気が長い、優しいとか、おとなしいとか、いろいろな性格や性分を性とみて、この相と性から成り立っている心身の全体が人間の体とみられる。

そして人間の生命は様々な力を持っているし、それが外に向かって様々に働き、つまり、作を起こしている。

またそうした人間の生命が原因となり、内外の助縁が加わって、人間自身の生命に変化の果が起こり、やがてそれが現実の報《むく》いの報として現れる。

この九つの生命が一貫して欠けることなく人間のその人の人格と境遇を織りなしているが、人間だけに限らず、一輪の花にも美しき相があり、その体があり、どれ一つとして欠けることなく、全体として花という生命を織り成して一貫している。

さらには、無生物も同様であり、小さな石ころも、大空も、月も、星も、太陽も、潮の香りを運んでくる海も、峨々《がが》たる山も……。

ありとあらゆる万物の存在が、この様式で存在している。

このように人々の姿を見れば、その人の人格境涯がわかり、自然を見れば尊い輝きを感じとることができ、また社会の現象を見れば、その意味や真実を鋭く見抜くことができる。

そして天象、地象、人象のあらゆる事物の本質を見極《みきわ》めるのが、全体人間のインフィニットマンとしての資質であり智慧《ちえ》であることを、宇宙の賛仰《さんぎょう》の師であるニョーゼが、弟子としての篠原修に諭《さと》していたことを、彼はいま、なつかしく路傍の花を愛《め》でながら想起していた。ハワイ大学の広大なキャンパス、ワイキキに林立するホテル群、カピオラニパーク、そして勇大なダイヤモンドヘッドの山が、マノアロードの眼下に広がり、まるで、鳥瞰図《ちょうかんず》のように篠原修の目に映っていた。

ミッシング・マター

小惑星が地球への衝突《しょうとつ》に向かって突き進んだあの世紀の大パニックの日から、すでに数年の時が流れていた。

小惑星の地球への衝突を回避した奇蹟の日、あの時……宇宙の不可思議な星間電波の謎の波長が、篠原が宇宙の賛仰《さんぎょう》の師と仰ぐ異星人のニョーゼたちと、篠原修との生命を賭《か》けた壮絶な前代未聞の戦いのなかで駆使《くし》され、危殆《きたい》に瀕《ひん》した地球の科学を救い、人類に畏《おそ》るべき地球外超文明のパワーを見せつけ、夥《おびただ》しい恐怖感を与えていた。

ハワイ諸島のなかのマウイ島のハレアカラ山頂から、篠原はテレパシーを上空に放ち続け、ニョーゼたちは、宇宙の彼方のＵＦＯの船団のなかから、強力な星間電波を放ち、地球の大気上空に電波層のカベを創って、小惑星の地球への進行軌道を阻止して逸《そ》らした出来事は、未《いま》だにNASA〈米航空宇宙局〉も、アメリカ政府も、惑星科学者たちも、その解明ができず、小惑星の地球への衝突回避の労には感謝をしていても、紛《まご》うかたなき端倪《たんげい》すべからぬ事実に心が昏《くら》んでおり、重い沈黙を続けているだけであった。

動かし難い現実を突き動かし、宇宙と地球と人間の、とてつもない変革の波を起こしたのは、あの日あの時、一人の男の不屈の信念と勇気ある死を賭《と》しての行動であった。

そして、人生の厳しい現実に根差しつつ、心は常に雄大な理想と未来を見つめながら、篠原は妻のエレナと共に生命を斉《ととの》えてきた。

いかなる国にしても、社会にしても、それを左右していくのは人間の心に、また人間の英知の論理に帰着《きちゃく》せざるを得ない。

科学の進歩が、天文学の進歩が、宇宙の琴線《きんせん》にひとつ、またひとつと、触れながらなされていくように、小宇宙である人間対人間もまた、誠実にお互いの琴線に触れ合っていく……それは遠い道のりのようであるが、永遠の平和と生存のためには、その一点を無視することはできないのである。

閑寂《かんじゃく》な住宅が並ぶマノア地域の白い家の篠原夫婦の家《いえ》の庭《にわ》には、午後の陽が燦々《さんさん》とこぼれ、貿易風は心地よく大地を吹き流れて、周辺は微睡《まどろ》んで、ハワイの天地は耀《かがよ》っていた。

久し振りに週末を利用して、NASAに所属する天文物理学者であり、惑星科学者である、シーナ・ウインストン博士がマノアの家を訪れていた。

今ではすっかり篠原夫婦の親友《とも》であり、また篠原修の良き理解者になってくれているウインストン女史と、互いに邂逅《かいこう》を喜びあいながら抱き合っていた。

「オサムも、エレナも、元気そうね！」

「シーナさんも相変らず若々しくてとてもキレイよ！」

「知的な笑顔が美しいですね、シーナさん」

「オヤオヤ、二人共ずい分とオセジが上手になったわね！　それにオサムは以前より顔付きがとても優しくなっているわ。惑星の観測ばかりしているから、自分が年をとっていくのを忘れてしまって、女であることまでも忘れてしまうわ……困ったものね」

三人はリビングでコーヒーを楽しみながらあれこれと語り、再会を喜んでいた。

「そう言えばシーナさん、パルサーの宇宙発電のプロジェクトの方は進んでいるの？」

「エレナも知ってのとおり、今は世界的な経済不況が続いているので、あのプロジェクトは当分お休みしている状態なのよ」

「……そうでしょうね……。で、現在は何を研究されているんですか、シーナさんは」

「うん、実はそのことでオサムと時間が許す限り、今回はじっくりお話しがしたくてマノアに来ているの……」

「そうですか、ボクも久し振りに貴女との対話を希《ねが》っておりましたので、是非、聴かせてください！」

「シーナさん、週末は我が家で気楽にくつろいでね、おいしい手料理を作ってあげるから」

「ありがとうエレナ、お世話になるわ」

リビングには、ハワイ島産のコナコーヒーの香りが広がり、静謐《せいひつ》さのなかで三人の会話が始まった。

「ところでシーナさん、次に打ち上げられる予定のNASAのスペースシャトルのディスカバリーには、搭乗《とうじょう》する飛行士のなかに、三人の女性飛行士がいるそうですね」

「そうなのよ、オサム。NASAによると、シャトルに女性三人が乗り込むのは、一九九二年以来で三回目になるわ。国際宇宙ステーション到着時には、女性一人が長期滞在中の予定だから初めて四人の女性が揃うことになるのよ」

「そうですか……宇宙もいよいよ女性の時代がやってきたのですね」

「そういうことよ、オサム。いまや飛行士だけでなく、管制官や教官など、様々な分野で宇宙の仕事が女性にも開かれる時代となったことは喜ばしいことよね。

だから、そうした現実を包み、それらを相関した関係において、的確にすべてを捉《とら》えいく人間論理みたいなものが絶対に必要になってくると私は思うわ。そうでないと、みんながたんなるロボットのようになってしまいそうだし、科学の進歩が即、人間のロボット化になってしまうのよ！」

「確かにそうなる危険性を妊《はら》む可能性があると、ボクもそう思います」

「シーナさんは、宇宙飛行士になりたいと思ったことはあるの？」

「そうねえ、若い頃に憧《あこが》れたことはあったわね。宇宙遊泳《ゆうえい》をしてみたいと」

久し振りの再会は、三人共、水を得た魚のように活き活きと生命が弾《はず》んでいた。

アスパラガスのベーコン巻き、ポテトサラダ、クラムチャウダーにフレンチブレッドと、ランチを楽しみながら談笑が続いていた。

やがてウインストン女史は、先の、小惑星の地球への衝突回避の出来事に触れ、核心部分に言及をしはじめた。

それは宇宙科学者のあいだで呼ばれている「宇宙の幽霊」のミッシング・マターについて、天文物理学者の立場でこれを淡々と説きはじめ、篠原夫婦も聴き入った。

「オサム、宇宙科学のなかで量子力学という分野があることを聞いたことがあるわよね。これは、量子力学が哲学に最も近い科学だと言われているのよ……。広大無辺な宇宙は永遠の時間と、無限の空間によって成り立っているのだけれど、この時間、空間という、縦横の広がりのなかに、死んだ星の物質がどのように溶け込んでいくのかを記述するのが量子力学なのよ。

〝死んだ星の物質〟つまり〝死の世界〟の働きが、我々の眼に見える実際の現象世界に現れる……。

我々の現実世界と平行して存在する別の世界の何かが、我々の世界の物質を突き動かしている……。それは眼には見えない宇宙の根源の力が、眼に見える現象世界を動かしていく……。ここに、甚深《じんじん》なる、そして神秘なる宇宙の不思議な生命があるのよ！

それに、宇宙に遍満《へんまん》している物理的な実体のない、とても不可思議で不可解な、実に恐るべきパワーが秘められている分野が、オサム、量子力学なのよ！」

「……そうですか、おっしゃるとおりそれはむしろ科学の世界ではなく、不可知な精神世界……つまり哲学や高等宗教の分野とも言えますね」

「そうなのよ、オサム。だからこれから話す〝宇宙の幽霊〟と呼ばれている別名の〝ミッシング・マター〟の件も含めて、今回、オサムと話し合いたくて来ているの」


宇宙空間の霊気中を彷徨《さまよ》う神秘的な数十兆とも言われる莫大な数の、超極微小の素粒子群の謎の物質の正体は、現代の宇宙科学では未《いま》だに探知《たんち》されてはいない。

この未知なる素粒子群が、宇宙のなかでうようよと蠢《うごめ》き、絶えず我々人間の身体をとおり抜けているが、我々はその存在をまったく肌に感じることすらでき得ないのである。

この宇宙の〝影の世界〟の究明に、哲学や高等宗教の世界が委《ゆだ》ねられはじめている。

ウインストン女史は〝宇宙の幽霊〟論について語り続け、篠原夫妻は注視していた。

ダーク・マター、そしてミッシング・マターとも呼ばれている宇宙の謎の物質の正体は、光も、電波も発せず、写真にも映らない、実に不可解な素粒子群である。

素粒子のある理論によれば、我々の世界とは別に、何らかの〝影の世界〟が、通常宇宙のなかに並行して存在し、その世界の物質は、重力以外にほとんど何の効果も我々の世界の物理的なものに及ばさない、実に不可思議なモノである。このように大宇宙のなかで、光も、電波も発せず、莫大《ばくだい》な数の未知なる超極微小の素粒子群が、宇宙の森羅万象の空間で蠢《うごめ》いているが、未《いま》だに、この無気味な謎の粒子の正体は科学で解明されてはいない。

〈素粒子〉

物質を構成している究極の粒子

〈一〉レプトン（弱粒子）＝電子、ニュートリノ

〈二〉ハドロン（強粒子）＝陽子、中性子

〈三〉ゲージ粒子＝〈一〉〈二〉のあいだの力を媒介する粒子

これらの粒子が更に極微小《ミクロ》な粒子から成り立って出来ている可能性が、現在科学者たちに示されつつあるのが、ミッシング・マターである。

ウインストン女史は、NASAからの指示を受けて最近この研究に入っていた。

「その宇宙の幽霊が、あの時の小天体の地球への衝突回避の件に何か関《かか》わりでもあると言うの、シーナさん？」

エレナはこの宇宙の深い謎に質問をした。

傍《かたわ》らで黙して聴いていた篠原は、すでにあの時の死闘の際にニョーゼから告げられていたので、じっと女史の表情を見つめていた。

NASAから、この新たなプロジェクトに参加させられている女史は、現代科学では解明が不可能に近いこのミッシング・マターは、これまで何一つとしてデータはなく、もしかしたら科学の分野から入るよりも、むしろ、宇宙哲学の精神世界の分野から視つめてみたい……との思いを募《つの》らせていたのである。


光も発せず、電波も出さない超ミクロなる〝宇宙の影の世界〟とは、何であろうか。

地球外知的生物が発する星間電波の波長、この実体も、同じく、光も電波も出さず目には見えず、人間の五感にも全く感じられない宇宙の謎である。

我々の身の回りには、目に見えないが世界中で発信されているラジオやテレビや、その他多くの電波が充満《じゅうまん》している。

短波、中波、長波、超短波、あらゆる電波が空間で交差している。

しかも受信機の波長を合わせれば、その波長の電波がきちっとキャッチされ、音となり、画像となって再生されている。

その電波は空間のもつ働きによるものであり、空間というものは何もなく、何の働きもないように見えるものである。

しかし、実際には大変な運動を繰り返している。ラジオやテレビは、空間の運動が電気を起こす性質を利用したものである。

その空間では、人間の身体をとおり抜けている謎の超ミクロの素粒子が蠢《うご》めいている。

ウインストン女史は、二人に知的な表情を見せながら〝空間〟のことに関して、専門的立場で篠原に助言を求めた。


「まず、先程からのミッシング・マターのことは、あとにしましょう」

「〝空〟というのは、あらゆるものを生み出す可能性を秘めている〝空間〟だと思われますが、それはある縁によって、それなりの条件のなかで、何らかの作用で応じ、働き、新たなものが誕生してきます。ですからそれは、無量の潜在力、無限の創造力を秘めた〝生命空間〟であると言えると思われます！」

「ありがとう、オサム。確かに宇宙空間にはそれこそ無数に極めて微小な物質のミクロが遍満しているわね。それを形容して〝極微粒子〟と、我々科学者は表現してるのよ。

この物質は、やがて星になっていくのだけど、宇宙が出来たとき、これらの物質は存在してはいなかった。もちろん、銀河や星はむろんのこと、物質そのものが存在してはいなかったのよ！」

「じゃあシーナさん、その物質は、どこから生まれたの？」

「ううん……エレナ、無から生まれたの。けどね、この宇宙空間であっても、決して〝無〟ではないのよ。すべてが消滅してゼロになったように見えても、宇宙が進化して条件が整えば、物質が生成してくる空間でもあるのよ。つまり〝無〟ではないということが量子力学の進歩によって解明されてきているのよ。それに最近、陽子の崩壊《ほうかい》について興味がもたれているのもこのことに関連していると言えるわね」

「確かに無からは何も生まれてこないはずだわ。シーナさん、私もそう思う」

「東洋の仏法では、不思議にも〝無〟について〝空間〟と言う言葉が使われています。

この〝空〟という問題をどのように捉《とら》えるかを明かした仏法ですが、何も存在しない真空と思われてきた宇宙が、実は、物を生み出していく空間であった……。

ゼロとみられる空間から物質が創成され、銀河が生まれ、しだいに巨大な星が生まれてくるんです」

「するとオサム、この〝空〟の状態から万物が生まれ、そしてまた、万物が滅していくわけなのね」

「そうです。言うなれば〈有無《うむ》を超《こ》えた実在〉とも言えるでしょうね」

「この空という概念《がいねん》は東洋の仏教から生まれたのね！　これは西欧の思想、哲学はもとより、宗教のなかにも見られなかったと思うわ」

「そうです。科学の進歩によって明らかになった様々な真理を裏付けるためには、どうしても西欧思想の範疇《はんちゅう》では捉《とら》えきれないものがあるからでしょうね、シーナさん」

「難しいけれど……そうかもしれない。不法の性質、性分、姿や形があるものにはすべて〝個〟としての性質があるのよ。だからどんなに小さな素粒子にでも、それぞれに特有の性質があると思う……」

「東洋の仏法は、大なる宇宙、小なる宇宙のありのままの姿を捉《とら》え、そして人間、社会のより良き生成発展を遂げさせていく万物、万法の調和と秩序と、そして創造と蘇生《そせい》へのエネルギーが示されているように思います」

「素晴らしい宇宙生成の万物の法ね」

あの日、あの時、マウイ島のハレアカラ山頂で、決死のテレパシーを上空に放ち、宇宙からは、異星人のニョーゼたちが独自の星間電波を用いて、小惑星が地球へ向かう軌動を逸《そ》らすことができ得たのは、宇宙の影の生命体であり、超極微小の粒子群である〝ミッシング・マター〟をコントロールしていたからである。この真相の事実を篠原は再び思い返していた。

不可思議な〝宇宙の幽霊〟と科学者たちに呼ばれているミクロの素粒子の大集合体こそが、通常宇宙とは全く別の、無限の宇宙生命の正体であり、ダークエネルギーの実態ではないだろうか。

篠原は、星間電波とテレパシーの生命波の深き謎も、女史が唱えるミッシング・マターと類似《るいじ》して、相通じるものだと震撼《しんかん》していた。

広大無辺な宇宙の謎は〝堪深無量《じんじんむりょう》〟――はなはだ深くとても量《はか》り難《がた》いものであり、そして〝広大深遠《こうだいじんのん》〟――あまりにも広大無辺で無限の深さであり、そしてまた〝難解難入《なんげなんにゅう》〟――とても人智では理解し難く、探り入ることはあまりにも至難な、大宇宙に蠢《うご》めいている〝影の生命体〟なのであろうか……。

あの日の小惑星の地球への衝突回避の奇跡のドラマは、外なる宇宙の運行と、人間の内なる世界の心の運行との合一、合体の躍動であったと、篠原は己心の生命のなかで、滾《たぎ》るような戦慄《せんりつ》が生命のなかを走るのを歓じていた。

「シーナさん、その超ミクロの素粒子は、量子力学とか、ニュートリノに関連するの？」
「そうねえ……量子力学のことを約《つづ》めて言えば、目に見えない宇宙の物質世界を探究するアンテナの役目をする学問なのよ。

一方のニュートリノは、素粒子で、一九三〇年代にドイツの物理学者パウリによってその存在が予言されたもので、どんな物質でも貫通《かんつう》する……つまり通り抜けてしまうほど、とても強力な透過性があって、まるでお化けのような素粒子だと言えるわね」

現在、宇宙からはこの地球に絶えずニュートリノと呼ばれる素粒子が降り注いでいる。

一九八七年二月二十三日に、すさまじい数のニュートリノが人間の体を貫通《かんつう》した例があるとウインストン女史は説明していた。

「人間の体や物質はね、ぎっしりと原子がつまっていて、それこそ蟻《あり》のはい出る隙間《すきま》もないのに、どうして貫通ができるのか不思議に思うかもしれないけど、これを電子のような素粒子のレベルで見ると、物質としては驚くほどスカスカなのよ、エレナ。

ニュートリノはごくわずかの質量しかもたず、大きさも電子よりもはるかに小さくて、しかも他の粒子とはほとんど相互作用をしないので、物質を簡単に通り抜けてしまうの。

物理的に言えば、光や放射能などが物の内部を突き抜け、通り抜けることとなんだけど恐ろしい程に透過性が高いのよ」

篠原はウインストン女史が説くニュートリノの話を興味深く聴いていた。

以前、アメリカの沿岸部の地下深くに眠る核物質を抜き盗り、宇宙の彼方で処理したあの一件は、異星人ニョーゼたちが、このニュートリノを何らかの方法で利用したのではないだろうか……と思い返していた。

だとするとそれは、異星人たちの恐るべき超高度なパワーであり、未知なる恐懼《きょうく》でもある。

「このニュートリノという素粒子には、電子型、ミュー型、タウ型の三種があるのよ。宇宙には、宇宙線と呼ばれる高エネルギーの陽子や電子が飛び回っているけど、それらが大気上層にぶつかると、ニュートリノが放出されるの。こうしてできるニュートリノは大気ニュートリノと呼ばれているわ」

「そうするとシーナさん、ニュートリノが問題の〝宇宙の幽霊〟なの?」

「ところがそうだとは言えないのよ。宇宙の幽霊のミッシング・マターのすべてがニュートリノだとは、現代科学では断定ができないのよ、エレナ」

「そうなの!?　だから宇宙の幽霊なのね」

ニュートリノは現実に実在しており、宇宙に大量に遍満していることがわかっていたが、そのニュートリノに、ある程度の質量があれば重力源として役割を十分に果たし得ると、長いあいだ科学者は考えてきた。

＊＊＊

一九八七年二月二十三日のことであった。

日本の岐阜県神岡鉱山の地下一〇〇〇メートルに、三〇トンもの真水をためて、ニュートリノの研究を続けている〝カミオカンデ〟がある。

ここでは、ニュートリノの素粒子を捕まえる研究が十五年間も続けられており、日本の物理学者のコシバ・グループが、この日の午後四時三五分に世界で初めて、宇宙での超新星爆発からのニュートリノ十一個を検出することに成功したのである。

彼らの研究は一見、宇宙とは何の関係もないような地下深くで行なわれていたが、その成果は、想像もつかない宇宙の激しい星の爆発現象の謎を解く鍵《かぎ》であった。

この発見されたニュートリノは、十六万年前に起きた大マゼラン星雲の大爆発から出た大量のニュートリノのごくごく一部であり、地球から大マゼラン星雲までの距離は、十六万光年なので、このニュートリノは、十六万年もの時を経て地球に届いたのである。

大マゼラン星雲は、地球上では南半球からしか見ることができない。

したがってニュートリノも、南半球からやって来て、そのほとんどは地球を突き抜け、貫通して、宇宙の彼方に飛び去っている。

その数は、一平方センチメートル当り、一〇〇〇億個と見積もられている。

その後一九九八年に〝スーパーカミオカンデ〟と称され、更にニュートリノに質量があるという、物理学と宇宙論に重大な影響を及ぼす大発見として、ノーベル物理学賞を受賞するに至っている。

ニュートリノに質量があると、宇宙全体では莫大な質量があることになるが、現在ではダークマターのすべてがニュートリノであるとは考えられてはいない。

「そう言うことなので、コシバ・グループから始まった新しいニュートリノ天文学は素晴らしい大発見であり、どんな物質をも突き抜けてしまうお化けのような素粒子なのよ」

「そうするとシーナさん、ニュートリノがなければ現在の宇宙の姿は一変するほど、とても重要な存在なのね」
「そうなのよ、それだけにニュートリノ以上にパワーを持つ謎のミッシング・マターの正体を突き止めなければいけないのよ、エレナ」

科学の世界で解明ができないミッシング・マターという宇宙の謎の正体を、どうして哲学や高等宗教の世界が解けるのか。

科学という物質世界と、哲学、宗教という精神世界との対峙《たいじ》が、烏有《うゆう》に帰《き》することなく答えを引き出すことはできるのか？

科学的裏付けを持つ宗教と、高度な哲学性を持つ科学が、定常の宇宙を超えた新たな別の宇宙へのチャレンジとなるのである。

夕陽がマノアヴァレーの山の端《は》にかかり、黄昏《たそがれ》どきのなか、三人は、久々に楽しい夕食を共にしながら談笑を続けていた。

ウインストン女史も、篠原も、高揚感《こうようかん》が鎮《しず》まることなく深夜まで気息奄々《きそくえんえん》たる対話を続けながら、内面的な力と、精神的な知性の心の綾《あや》を織り、この地球という惑星がより広い宇宙観に目覚める寸前まできていることを怜悧《れいり》な生命のなかで語り合い、その日は措《お》かれた。暗い夜更けに、夜来《やらい》の雨がしとしとと、庭の草花を濡《ぬ》らして風が音を残して去った。

夜が明け、昨夜のマノア名物のナイトシャワーにすっかり汚れを洗い落とされた樹々の葉は、濃淡《のうたん》さまざまな新葉の如く、朝の光が当る葉に付いた柔毛《にこげ》が銀色に光っていた。

丘の上の白い家から俯瞰《ふかん》して見えるマノア周辺には隈《くま》なく朝日が射していた。

朝食を終えた篠原と女史は、庭の陽の当るテーブルに用意されたコーヒーを楽しみながら、昨夜に続いて対話の世界へ共に誘《いざな》われた。貿易風が心地よく、群青の空は高かった。

ハワイの花々が放つ濃密《のうみつ》な香りが周りを包み、二人の顔まで優しく包んでいた。


「オサム……科学の領域を超越したミッシング・マターの件もそうだけど、宇宙時代に完全に突入している二十一世紀の今日でも、尚、宇宙はあらゆる面で〝未知なる世界〟が多すぎると言えるわよね！」

「そうだと思います。宇宙論や天文学は、生命論と同じく、もっとも古くて、もっとも新しい学問であり、それこそ哲学的な世界だと言えるでしょうね。

自然科学、宇宙科学のめざましい進歩と発展を見せている二十一世紀には、生命現象の研究に物理学者や惑星科学者などが、精神科学を含めた全ての学問に、ひとつの哲学のもとに統一され、より大きな関心を持つようになっていくでしょうね。

それに、異常な成長を遂げてきましたこれまでの物質科学を、人類の幸福のために正しく発展させていくためには、それ相応の力ある思想や哲学がなければならないでしょう」

「私もそのとおりだと思うわ、オサム。

科学が自然界を見る場合、それは科学の眼を通して見るのであって、そこに映し出された姿というものは本来、自然界のあるべき姿が映し出されてはいない場合があるかもしれない。我々科学者が、科学の眼によって自然界を観察しているかぎり、自然そのものの姿はいったい、どういうものであるのか、それを知る術《すべ》はないのよ。

巨大な宇宙のこと、また超ミクロの素粒子の世界、そうした姿は実に科学の眼によってのみ捉《とら》えられ、我々はそこから得られた知識によって満足しなければならないの」

「人間が科学から受ける恩恵《おんけい》は、ある限られた範囲のなかのみであって、その範囲を少しでもはずれた問題については、科学の世界では無力に等しいこともあるかもしれません。

また科学がどこまで発展しても、生命の根本から発する人生の諸問題、苦悩は、科学に関係なく永遠に存在するものです。

ですからそうした諸問題の解決は、本来は科学の次元で論ずるべきものではなく、その解決にあたっては、科学は何の用も成し得ない分野だと、失礼ですが言えるでしょう。

科学の限界について、一方ではどんどん人工衛星や有人衛星が打ち上げられ、宇宙での長期滞在ができるようになったのに、片方ではビルの屋上から落とした一枚の紙が、どこに落ちるのかわからない。こんな簡単なことすら、現代科学は解決できない矛盾《むじゅん》というものもあるでしょう……」

「ううん……言い得て妙だわ、オサム。

結局、現代の科学の進歩というものは、自然界のいろいろな現象のうち、科学にもっとも適したものだけを取り出して、その方面だけで極端な発展を遂げたものだと考えなければいけないようね」

科学と宗教

ハワイアンブルーの群青《ぐんじょう》の空のなかに、ひと塊《かたまり》の白い綿雲《わたぐも》がゆっくりとたゆたっていた。

「シーナさん、コーヒーのお替りはどう？」

エレナも同席して天空を見つめていた。

「話は変わりますけど、宇宙の探究は平和の探究であり、人間の探究と重なると、ボクは以前から思案しておりました。

小宇宙と呼ばれる人間が、自分自身を大宇宙の妙なるリズムに合致させてゆくことによって、幸福の軌道を歩んでいける……ここに人間本来の理想的な生き方があると思います。

また、宇宙時代を開拓《かいたく》するにあたっては鮮烈《せんれつ》な思想や哲学によって、人類意識というものに目覚めたコスモポリタン――〝世界主義者〟的な連帯の輪が広がっていくところに、これからの地球文明の曙光《しょうこう》が輝くと思います。

それに、人類が宗教性を土壌《どじょう》とした道徳観・倫理観を回復することもキーワードとなるのではないでしょうか」

「そうねえ、私もそうあるべきだと思うわ。

宇宙にはエレガントな事実、絶妙な惑星との関係、それに畏敬《いけい》すべき微妙なカラクリが計りしれないほどたくさんあるのよ。

夜空に輝く多くの星は、主として可視光線《かしこうせん》と、赤外線を出して輝いているのだけど、強いX線や、電波を出している星もたくさんある。青く輝いている星は、熱くて若く、黄色く光る星は、ありふれた中年であり、赤い星の多くは老年で死にかけており、小さな白い星や暗い星は、死の苦しみに喘《あえ》いでいるのよ。それにね、生命が一度も誕生したことのない惑星もあり、宇宙の大破局のために黒こげになって、廃墟《はいきょ》となってしまった星もあるのよ、オサム、エレナ！

私は思うのだけど、人間は元々、星から生まれ、そしてしばらくのあいだ、地球と呼ばれる惑星に住んでいるだけなのだ……と。

だとしたら、地球に住んでいる私たちは、とてもラッキーだと知るべきじゃないのかしら、二人ともそう思わない？

私たちは、こうして地球上で生きていて、多少とも力がある。そして私たちの文明と、私たち人類の運命は、私たち自身の手に握られているのよ。

だから、もし私たちが地球の未来のために話さなかったら、誰が話すのかしら。

人類が生き延びることについて、もし私たちが努力しなければ、いったい誰が努力をしてくれるのだろうかと、そう思うのよ！」

「そうですよね、ボクもそう思います。

宇宙飛行士たちが宇宙から地球を見たときは、国境線は明らかではないと思います。

我々の惑星、地球が、青く弱々しい三日月となり、しだいに小さくなって、恒星の城や砦《とりで》を背景に目立たない小さな光の点となっていくのを見れば、狂信的で民族的、宗教的、国家的な排他《はいた》主義を信じることは、いささか難《むずか》しくなってくると思います。

今回、シーナさんが我が家に来られて、先程のミッシング・マターの件で、科学では解明ができない部分を、哲学や東洋仏法のなかから精神世界を見出そうとされていますよ……。

これまで発展を続けてきた科学は、宗教を駆逐《くちく》した時代、あるいは宗教など無視してきた時代だと言えるのかもしれません！

発展を続けてきた科学の世界を振り返ってみたとき、怒濤《どとう》のような科学の発展の前に、宗教はいったい何をしたのだろうかと。

思うに、科学に無視された宗教……これほど哀れなものはないでしょう。

その科学の暴走《ぼうそう》にまかせて、手をこまねいていた宗教は、せめて取り残されまいとして必死に追いすがり、その教義を少しでも現代科学にマッチさせていこうとしている。

シーナさん、西洋の歴史がその根幹にキリスト教という宗教を中心に形成されてきたのと同様に、東洋の歴史もまた、仏教、儒教、ヒンズー教などを根幹において形成されてきています」

「……いかなる時代と言えども、人間には宗教が必要だと思うわ。聞くところによると宗教には、人々を権威《けんい》に従属《じゅうぞく》させる独断的な宗教と、自分で物事を考える人間を生みだす手助けとなる宗教の、二種類があるようね。

偉大なる科学の躍進《やくしん》は、低級な哲学や宗教からは決して生まれてはこないのよ」

「そうだと思います。これからの天文学、惑星科学、それに宇宙論は、最高の哲学や宗教を根底にして進むべき時代になってきているように思います。

東洋の仏教のなかの法華経では、哲学の根本が生命論であるとされています。

その仏法哲学の生命論は〈色心不二《しきしんふに》〉の哲学と言いまして、宇宙の森羅万象の一切の現象を〝色《しき》〟と〝心《しん》〟の二つの方向から論じたものですが、ここで言うところの〝色〟とは、肉体、物質、形質です。

〝心〟とは、精神、性質、力ですが、これを人間の体に例えてみますと、いわゆる肉体活動はすべて〈色〉であり、この肉体と共にある精神活動が〈心〉であり、その〈色と心〉は二つであって、しかも〈不二〉つまりは、二つに分けることができないと。

このことを論理的に追研《ついけん》していくときには、色と心を、別々に取り上げていくことはできますが、ある現象から〈色〉だけを取り出したり、また〈心〉だけを取り出したりすることは不可能であると説かれています。

まあ、あらゆる宇宙現象をその〈色〉の面だけを追研したのでは、片手落ちと言わなければならないでしょうね！

現代科学が行き詰まったりするその原因は色にあります。物質、形質などの面だけの追研のみに走り過ぎて、心の面である性質・力・精神などの面の研究がおろそかになってしまったからなのでしょうか？」

「大変難しい〈色心不二《しきしんふに》〉論だけど、よく思考していけば、まさにそのとおりだと思う。

確かにこれまでの科学は、経験主義的、実証主義的、あるいは唯物論《ゆいぶつろん》的な哲学を基盤に置いてきていることは否《いな》めないでしょうね。

オサム……私たち人間の心というものは、宇宙的普遍意識《ふへんいしき》に由来《ゆらい》すると言えるわ」

「いまの〈色心不二〉の原理でミッシング・マターを調べようとしましたら、物質世界の科学から、精神世界の科学を覗《のぞ》き見ることになりそうですが、電波も光も発しない〝宇宙の謎〟の正体が、何となくおぼろ気に視えてきそうな感じがしなくもないようです」

「そうねえ……人間は考えれば考える程、宇宙と深い結びつきがありそうね、オサム。

古来、人間は自然に恐れをいだき、また崇拝してきたのにくらべれば、現代の人間は傲《ごう》慢《まん》で、あまりにも自己中心的になってしまったのよ。宇宙全体と離れて、自分たちだけで存在できると信じ込んでしまっているのよネ。言いかえれば、宇宙的なものと切り離され、閉ざされた人生になってしまってる、そうは思わないオサム？

それをもう一度、大きく天空へと扉《とびら》を開き、広々とした開かれた人生へと人間を解放しなければいけないと思うの。

天文学はそのための有効な手段となると、信じることがとても大切なのよ。

ましてや、エゴイズムやドグマ〈独断〉は人類の平和への脅威《きょうい》でしかないわ。

本来はドグマとは無縁であるはずの科学者でさえ、自分の学説以外の主張をかたくなに拒《こば》もうとする場合だってあるのよ、オサム。

その背景にはね、巨額の研究費を使っている以上、自説を覆す訳にはいかないという事情があるのよ。ミッシング・マターの研究そのものにも……」

マノアの上空に貿易風が流れ、閑寂な住宅が並ぶ家々は、そのほとんどが近代的な建築にはほど遠い、築五〇年の歴史を彷彿《ほうふつ》させる様式の古い家が多く、それがマノア地区のある種のステイタスを醸《かも》し出していた。

エレナの手料理が庭のテーブルに並べられて、三人は楽しいランチタイムに入った。

「シーナさん、先日のニュースペーパーに、電波天文学のことが載っていたけど、これまでの天文学とはどう違うの？」

「そうねえ、人類はいま電波をつかって地球以外の他の文明世界を探しているけど、この探測《たんそく》はまだ初期の段階でとどまっていて、〝緒《ちょ》〟についたばかりなのよ、エレナ。

約《つづ》めて言えば、地球以外の惑星の進歩した文明世界とは……電波天文学を知っている高等生物たちの世界だと言えるわね。

例《たと》えば、いえ例えばではなく、あのニョーゼたちの世界がそうなのよ！

彼らは、特殊な星間電波を駆使《くし》できて、自在に宇宙空間をＵＦＯに乗って飛び回り、私たち人類が考えも及ばない高度なテクニックを使って、多次元世界でその星間電波を操《あやつ》っているのよ」

「……そうすると、オサムが発するテレパシーの波長も、その星間電波に属するの？」

「そうねえ。否定はできないわね」

「と言うとシーナさん！　あのときの小惑星の地球への衝突軌道を逸《そ》らせることができた背景には、星間電波を使って、目には見えない何かを動かしていたのかしら……。そうなのシーナさん？　だとすればそれは、何かとてつもない数の物質……宇宙の幽霊のミッシング・マターなのかしら！　そうなの？　シーナさん‼」

人類を代表してこれまでに、四〇〇人を超える宇宙飛行士たちが宇宙体験をしてきた。そこでの鮮烈《せんれつ》な体験によって、地球人類意識、地球生命意識というものを獲得して、宇宙飛行士たちは、宇宙から地球を見る広大な視野を与えられたことによって、国家や民族への帰属《きぞく》意識から、地球への帰属意識へと、意識転換をしたとも言えるだろう。

同じように、天文学の進歩と宇宙論の展開は、人類の意識を地球全体に拡大し、人類共同意識を形成しつつ、さらに生態系との共存を希求する地球生命意識へと発展させていくのであろうか。

このように天文学は、現象宇宙としての外なるコスモスへの認識を拡張していく。

一方、東洋の仏教は、人間生命の内奥に展開する内なるコスモスを探索し、宇宙根源の大生命にまで至る。

この宇宙大の生命は、外なるコスモスを生み出す根源《こんげん》の法を現じている。

仏法の説き示す菩薩道《ぼさつどう》は、宇宙生命を大我《たいが》として生きる人間群を、民衆の大地から湧現《ゆげん》させていく。ここに、宇宙根源の生命に立脚《りっきゃく》しつつ、地球を舞台に他者を連帯していく自由にして、慈愛にあふれた、菩薩的人格の形成が可能となる。

この仏法で説く菩薩的人間こそ、世界共同体を担《にな》うにふさわしい宇宙観、世界観と、道徳性を備えた世界市民と言える。

天文学・宇宙論と仏教との、共同作業によって、地球文明への精神覚醒《かくせい》をうながし、コスモポリタンとして活躍する菩薩的人間の出現が、宇宙の鼓動を支えている……。

いま希求《ききゅう》される喫緊《きっきん》の時代となってきている。

二

「オサム、宇宙と科学と宗教は、天文学のもつ人類的意義からしても、私たち天文物理学者や他の科学者がこれから益々《ますます》重要な研究成果を生み出し、宇宙の真実の姿を開示《かいじ》していくことによって、宗教的宇宙感覚をもって壮れいな宇宙時代を創出していくべきだと私は思うけれど、どうなのかしら！」

「素晴らしいことだと思います。

周知のとおり仏教は、武力や暴力などの反平和的手段に訴《うった》えることなく、あくまでも対話によって広まった宗教です。

キリスト教やイスラム教の歴史とは異なる、仏教の際立《きわだ》った特徴の一つでしょう。

いわゆる宗教戦争や聖戦《せいせん》をまったく起こしてはいません。

仏教にとって対決すべき相手は、人間生命を曇《くも》らせ、歪《ゆが》め、衰弱《すいじゃく》化させている貪欲《どんよく》さや、瞋《いか》りなどの煩悩《ぼんのう》であって、決して異教徒ではないということです。

シーナさん……どのような民族であれ、人種であれ、人間として共通に受けている根源的な苦悩の本質を解明し、仏性《ぶっしょう》という永遠なる宇宙生命を開花させていくところに、仏教流布《るふ》の目的があると思います。

そのために仏教が持っていた最大の武器は、人間の魂に語りかける〝対話〟であり、身の打ち震えるような宗教的感情を湧《わ》きたたせていく彫刻や、絵画などの、芸術文化の力であったと言えるでしょう。

こうした仏教の平和的な側面は、キリスト教や、イスラム教と対比したとき、より鮮明に特徴づけられると言えますね」

「なるほどね……よくわかったわ、オサム。

宗教的なイデオロギーの衝突《しょうとつ》が、昔も今も続いており、残《ざん》虐な戦争へと発展するのをどのようにして防ぐことができるのか。

聖なる狂信、ファンダメンタリズム、つまり原理主義が、この大切な地球、人間、そして宇宙までも狂わせかねないわよね」

人類は欲望という車のアクセルによって、知能というエンジンを動かし、宗教というハンドルと、ブレーキによって、安定した人生や生活を求めてきている。

しかしながら、仏教が洞察《どうさつ》する対話や言論を、問答無用と放棄《ほうき》した場合には、テロリズムが走り、暴力性や獣性《けもの》が噴出《ふんしゅつ》してくる。

その獣性が、宗教的イデオロギーや、大義名分のドグマの仮面をかぶって、暴力や武力で、これまでに人間を抹殺《まっさつ》してきた。

宇宙の森羅万象の一切の存在は、相互依存的《そうごいぞん》関係によって存在しているのであり、他との存在なくして自己の存在もない。

宇宙のなかで無気味に蠢《うご》めく正体不明の謎のダーク・マター、そしてミッシング・マターの不可解な存在も、必ず、何らかの物質や生命体に依存しながら〝宇宙の幽霊〟として蠢いているかもしれない。

シーナ・ウインストン女史は、その言葉を残して、二日間の篠原修との対話に満足をして、貿易風がそよぐマノアの白い家を心軽やかに辞《じ》した。

邂逅《かいこう》

篠原修はそれから数日、家に籠《こも》っていた。

科学という常識の領域《りょういき》を超越《ちょうえつ》した数年前のあのグランドキャニオンでの巨大な蜃気楼《しんきろう》の出現と、UFOの大襲来……そしてその後の小惑星の地球への衝突回避の出来事は、例えて言えば、その昔、鎖国《さこく》を続けていた日本での、あの〝黒船〟の出現だった。その衝撃《しょうげき》が、紛《まご》うかたなき不安と戦慄《せんりつ》と焦燥《しょうそう》を与えたことは、いまでは語り草にしかすぎない……。

しかし、その後の歴史の流れから見れば、あの黒船騒ぎは、人間の視野の広さというものが必要不可欠であることを知らされた一例であったと思われる。

そう思い返しながら篠原は、再び己れの身辺に新たな何かが起こりそうな予感が、生命のなかで走りはじめていた。

マノアに降り注ぐナイトシャワーが、幽《かす》かな雨音《あまおと》を広げるなかで、眠りについた孤塁《こるい》の草をしっとりと濡《ぬ》らしていた。

ベッドルームで、薄型のテレビを観ていたエレナは、画像が急に甚《はなは》だしく乱れはじめたのを不信に思い「最近買ったばかりなのに変だわ」と、横で寝入っている夫のオサムを起こして乱れている画像のことを告げた。

やがて正常に戻った画面に、なんと、久し振りに宇宙の賛仰の師である異星人のニョーゼが、忽然《こつぜん》と貌《かお》を現した。

エレナは驚いて咄嗟《とっさ》にブランケットのなかに潜《もぐ》り込んでしまった。


篠原は思わず姿勢を正して師に見《まみ》えた！

《久し振りだね、シノハラ。エレナと共に元気そうでなによりだ……。

私も見てのとおり堅固《けんご》で、常に滾《たぎ》りながら鼓動を続ける宇宙の混沌《こんとん》のなかを飛び回っているが、ほんとに久し振りに遭《あ》えて嬉しいよ。

シノハラ……夜空にきらめく無数の星、詩情を誘う月影、たくましく燃え続ける太陽、そして突如《とつじょ》として現れてはまた消える彗星《すいせい》に、不思議を感じ、神秘を考えるのは、古代人のみではなく、現代《いま》も同じなのだよ。

いまや、水の惑星である地球人類は、完全に宇宙時代に入り、二十一世紀の耀《かがよ》いのなかの昨今《さっこん》であるが、宇宙はなお、未知なる世界であり、実に謎多き世界なのだ》

「ハイ……そのとおりだとボクも思います。

特にいま、科学者のあいだで騒がれている宇宙のなかに蠢く正体不明の〝ダーク・マター〟という極微小の素粒子群の存在が、とても無気味で不可解に立ちはだかっているようですが‼」

《そのことに関しては後で説明をしよう。

シノハラ、これまでに君の周辺で外部に対して陰ながら君を様々に支《ささ》え、また有意義な助言と対話を重ねてきて、君自身の社会的立場とその存在を良く理解してくれている得難《えがた》い天文物理学者のウインストン博士だが、彼女との今後の触れ合いは重要であろう。

博士が言っているように、科学の世界にはどうしても超《こ》え難《がた》い限界というものがある。

人間の心というものは宇宙大に深層《しんそう》なものであるが、真摯《しんし》な生命で大宇宙に向かい合うとき、閃光《しゅんこう》が走るような心の開明と、自己に秘められた不思議な力量の開花を成し遂げられるのだ。

このことはシノハラ、君のこれまでのインフィニットマンとしての希有《けう》な超能力が奏《かな》でるテレパシーの実績で分かっていることだ。

人間は、人間を離れて、人間にはなれないことはもちろんのことだが、永遠無限に脈打つ宇宙の鼓動のなかで、君は安っぽい超能力者にはあらず、いつどのような場合であっても命を賭《と》して、宇宙と地球と人間を、テレパシーの波動で守り抜いてきている……。

話は変わるが……地球上に初めて生命が誕生したのはいまから三十八億年前だが、地球が生まれてから七億年間は、彗星《すいせい》との衝突が頻繁《ひんぱん》に起こり、生命が存在する可能性はなかったようだ。

その後、生命が誕生してから現代に至るまでにもかなりの数の彗星が衝突を繰り返してきているが、人類文明の一万年の歴史において彗星の地球への衝突は数多く起こっており、この事実を目のあたりにした人類たちは、彗星が落下してくる空を恐れて、彗星を凶瑞《きょうずい》と考えるようになったのだ。

この彗星にしても、宇宙の運行にしても、宗教に深い関《かか》わりをもっていることを、シノハラ、君はよく知っておく必要がある。

また、一六〇〇年という長い周期で彗星が激しく地球に衝突をする状況があったが、エジプトのピラミッドも、彗星の衝突から王を守るために造られたようだ。

ユダヤ教においては、古代イスラエル時代に彗星が落下して、共同体が破壊《はかい》されている紀元前五世紀のギリシャ文明の最盛期は、地球が全体的に平穏な時代であったが、この時期には、知的なあらゆる活動が活発に展開されていたようだ。

釈尊が仏教を説いたのとほぼ同時期だよ。

またこの時代に生まれた思想や哲学は、非常に平和的で静穏《せいおん》な性格をもっていた。

一方、キリスト教の形成期は、地球と彗星との衝突のショックから、人心が回復していく過程にあったようだ。

したがって初期キリスト教の指導者たちは人々が安心できるように、彗星の衝突の犠牲《ぎせい》になった人々を神が救済《きゅうさい》してくれる、あるいは神が守らぬはずがないと強調していた。

西暦五〇〇年から、六〇〇年のあいだにも彗星の衝突が起こっているが、これは、西ローマ帝国の滅亡、そしてヨーロッパ中世の始まりと合致しているのだよ、シノハラ。

このように、人間もその歴史も、宇宙との関係を離れて論じることはできないのだ。

シノハラ、宇宙と人間は一体であり、地上の歴史も、宗教も、天空からの影響を深く受けていることを忘失しないことだ。

行きづまりの地球の世界を確かな希望の未来へと転換《てんかん》せしめていくには、それはやはり宇宙観であり、自己の小宇宙と、広大無辺なる永遠無限に脈打つ宇宙の鼓動を見つめた新しい物の見方、考え方が、必要不可欠だと私は思っているのだ。

さて、シノハラ。

紀元前五〇〇年を中心とする数百年間に、きわめて注目すべきことが世界中の人間に起きている。これは地中海沿岸で、アテナイや、アレキサンドリアで、インドや中国で、それぞれ別個に人間の精神が大輪の花を咲かせているが、君はわかるかい？》

「ハイ！　その後の時代にも多くの思想や哲学が出ていますが、この時代に匹敵《ひってき》するほどの影響が人類に与えられたことはないようです。どうでしょうか？」

《これは最早《もはや》、そのような開花が必要ではなくなったという単純な理由もあるのだろう。ソクラテス、釈尊、孔子などによって、ひと揃《そろ》いの基本的な哲学上の発見が完了して、それ以上は改良の余地がなかったようだ。

しかし今後、宇宙時代がさらに進むとすれば、一連の新しい基本的な哲学概念が生まれるだろう。そして、それがこの先、数世紀にわたって人類に大きな影響を及ぼし続けると私は考えている！

人類はいまや、人類史の第二の枢軸《すうじく》時代の出発点に立っていると考えるべきであろう》

「……！　それは人類的自覚に立った〝個〟というものが要請《ようせい》される……ということでしょうか？　つまりは、個人的エゴイズム、また民族、国家のエゴイズムを超越《ちょうえつ》したグローバルな視野に立ったコスモポリタン……世界市民への期待と言ってもよいのでしょうか？」

《そうだ、シノハラ。宇宙時代を開拓する鮮烈《せんれつ》な哲学、思想によって、人類意識に目覚めたコスモポリタンが広がっていかねばならないだろう。
私は思うのだが、〝宇宙時代の一連の新しい基本的な哲学概念を生み出す母体として〟東洋の文化、特に仏教の内包するグローバルで生態的な生命観、世界観、更には宇宙観が、重要な貢献《こうけん》を成し得るものだと思う！》

嗄《か》れ潰《つぶ》れたニョーゼの声が、ベッドのなかで目をつぶり、動顚《どうてん》しながら蹲《うずく》まり震えているエレナを、二人の対話が囲繞《いにょう》していた。

篠原が宇宙の賛仰の師と仰ぐニョーゼは、画面のなかからさらに言葉を続けていた。

《シノハラ、現在多くの地球上の国々が経済的に苦しみ、悲惨な貧困と欠乏の状態に喘《あえ》いでいるようだが、この状況の原因は少なくとも部分的にはアメリカをはじめ、富める国々の野放しの欲望やエゴイズムであるだろう。
気の毒なのは、北アフリカ、中東、アジア等と、かつては全世界の〝文明の揺籃《ようらん》〟となっていた地域であることが悲劇的な事実だ。

この極めて深刻な経済危機を乗り越えるためには、全地球的、全人類的な立場からの思考、行動が要請されなければならぬだろう。

すなわち個人のエゴイズムや、民族、国家のエゴイズムを乗り越えて、グローバルな視野から地球文明を創造していく時を、世界はいま迎えているはずだよ。

したがって、明日の人類文明を築きゆくためには、あらゆる次元における東と西、南と北の対話と交流が不可欠と言えるだろう。

特に東洋の歴史を飾ったインドや中国に源を発する思想、哲学が要請される。なぜならば、人間の心そのものが、様々なストレスに歪《ゆが》み、病み、分裂と分断、それが衰弱の傾向さえ見せはじめているからだよ。

また先進国では、テクノストレスが今後さらに増加するだろうし、心身症や精神の病いによって、人間生命は内面からヒビ割れ、生命力を消失してしまう危機に直面している。

それに、宗教的イデオロギーの衝突が残虐《ざんぎゃく》な戦争へと発展する前に、どうすれば防ぐことができるのか喫緊《きっきん》の課題でもあろう》

我々異星人も、地球人も、宇宙空間の一個の小さな粒にすぎず、永遠の時間《とき》の流れのなかでは、ほんの一瞬だけ生きているのにすぎない……ニョーゼはそう吐露《とろ》していた。

真実

エレナを気遣《きづか》って、篠原は隣りの部屋の書斎に移り、コンピュータに向かった。

二〇〇四年八月のあの日、あのとき。

思い返せば、地球の温暖化現象がまねいたともいうべき、宇宙の律動を狂わせ、小惑星の巨大隕石が、地球に向かって衝突をしようと進んでいた時、その衝突を逸《そ》らすために、途方もないプロジェクトを創り決行した、あの時の凶々《まがまが》しい決死の戦いの壮絶なるドラマ！

異星人のニョーゼ軍団と、篠原修との「天と地」での、前代未聞と言える凄《すさ》まじい壮絶極《きわ》まる戦いは、強烈な星間電波を宇宙空間に放って電波層のカベを創り、地球の大気圏上に張りめぐらせて巨大隕石の進行を阻《はば》み、地球への衝突軌道を見事に逸《そら》し、無事、奇蹟《きせき》の衝突回避を実現させた！

あれから後の久々の画面を通しての対面のなかで、元ナミール星人のニョーゼは、死闘とも言えたあの闘いの真相を初めて明かしはじめていた。

《シノハラ！〝インポッシブル・トゥ・ポッシブル〟と言う英語の意味を知っていると思うが、まさにあの日は、言葉のとおりであった。

不可能を可能にすることであるが、我々はあのとき天上界の宇宙の彼方から、星間電波の強烈な波長を地球の大気圏に向けて発し続けていた。

我々の高度文明だけが創り持つ技術によって放つ電波のパワーであるが、この電波を駆使して電波層のカベを創ろうと必死な闘いであったが、目には見えない甚深無量《じんじんむりょう》な電波のカベ。

それは、丸でもなく、三角や四角でもなく、形や色や光りでもないのだ！

電波のカベの物質とは、物理的手段ではなく、宇宙の超自然現象のなかから生み出す、いわば、宇宙生命のエネルギーの結晶と言えるだろう。つまり、我々が放つ星間電波のパワーと、地上から大気圏に向かって放つテレパシーのパワフルな波動で〝影の宇宙生命〟と恐れられている、超極微小の素粒子で恐ろしい程の超透過力を持ち、数十兆というとてつもない天文学的な数で蠢《うごめ》く素粒子《ダークエネルギー》の大集団を集結させて、地球への衝突軌道をひた走る巨大隕石群の小惑星にことごとく貫通させて進路を阻《はば》み、衝突回避に成功したのだ！

もちろん、あのとき同時進行で君が決死のテレパシーを送り続けてくれたことも、大きな貢献《こうけん》であったことは言うまでもない。

物質世界ではとうてい考えられない宇宙生命が、シノハラ、我々を救ってくれたのだ。

また、不可思議なアウトオブボディに、君が勇敢にチャレンジをしてくれた功績というものは、大変に大きかった……》

「あのとき全生命力でエネルギーを遣い果たしました。フィジカルボディの体外離脱《りだつ》、メンタルボディの精神的な遊体離脱、それにスピリチュアルボディの魂の霊的体験は、いまでも決して忘れることなく生命の奥底にしっかりと残っています」

《我々が経験をした貴重な宇宙空間でのあの壮絶なドラマは、現代の地球科学ではとても解明はでき得ないだろう。

しかし、地球の科学者たちはすでに、ニュートリノの実体やその質量までも発見するに至っている。

これから数十年後には、君が先程言っていたミッシング・マターの正体もきっと解明される日が必ずやってくると思うが、それには更に高度なテクノロジーを学んで、電波天文学の世界を価値創造していくだろう……。

シノハラ、広大無辺な無限の宇宙を探究することは、大きく知的生物としての人類の視野を広げることなのだ》

偉大な人生には、必ず、偉大な人間、偉大な師匠との出会いがある。

人間にだけ師弟の世界がある。

師のない人生は、本当の人間世界ではなく、それは動物の世界である。

師弟こそ、崇高なる人間向上の道であり、それは昔も今も、そして未来も、永遠に変わることはない。

人間の生命に、ドロ沼のなかに清く咲く、蓮華のように花開き、苦悩の現実のなかで清らかに気高く、慈悲と薫り、智慧と輝く壮大な叙事誌《じょじし》を詩ってくれる師が、篠原修には必要不可欠となっていた。

一切の思想、哲学、宗教の根っことなる生命を解く「永遠の生命」という大きな精神的カベが、最近の篠原の前に立ちはだかって、再び宇宙の賛仰の師に会いたい……そう願っていた矢先の、画面を通しての大邂逅《だいかいこう》であった。

師の慈愛も、弟子の決意も、師の智慧も、弟子の真剣さも、そしてまた師の期待も、弟子の成長も、すべてが凝結した「永遠の生命」を学び知って、すべての人々が生命の底から歓喜をおこす無限の大宇宙を旅するその大道を探究する方途を学び、歩まねばならないのであった。

一人の人間が本来どれほど偉大であるか。また、荘厳なる存在であるのか。それを自身の姿で、行動を通して示すにはまだまだ未熟であった。

人生にも、社会にも、文明にも、必ず行き詰まりがある。

この行き詰まりを開くのは、生命への深き洞察《どうさつ》に根ざした哲学が必要である。

今日、多くの哲学なき人々の心は彷徨《さまよ》い続けている……。

犬の遠吠えが、真夜中の眠るマノアの周辺に広がり、雨音はまだ続いていた。

いつもながら、慈愛に満ちた厳父の如きニョーゼの指導が、篠原の心の乾《かわ》きに水を注ぐように、彼の肺腑《はいふ》をえぐっていた。

量子力学

《シノハラ、二十世紀は、社会主義国家の台頭、核の保有、そして宇宙時代の開幕と、人類の視野が地球的規模にまで、一変してきた時代であったと言えるだろう。

小さな視野に閉じこもっていてはもはや、人類の自由と平和は論じられない時代だ！》

「ハイ……ボクもそのように思います。

地球上の科学の世界では、量子力学のことがエキサイティングに語られているそうです。

先日、久し振りに我が家に来られました天文物理学者のウインストン女史は、これからの宇宙は科学の世界だけでは解明できないことが多くなると話しておられました」

《それは量子力学が、哲学に最も近い科学だからなのだよ。

宇宙に遍満《へんまん》している物理的な実体のない不可思議なパワー。これは先程のミッシング・マターにも関連するものだ。

広大無辺なる宇宙は、永遠の時間と、無限の空間によって成りたっているが、この時間と空間という縦横の広がりのなかに、死んだ星の物質がどのように溶け込んでいくのかを記述するのが、量子力学というものなのだ》

「物質が溶け込んでいく宇宙というのは、物質の死の世界……と言うことなのですか？」

《そうだよ、死の世界だから、普通は見ることも、感じることもできないのだ。

いわば、目に見えない物質世界を探究するアンテナのような役目をする学問なのだよ》

「そうしますと、この量子力学とは、目に見えない分子や、原子、素粒子、などの極微《ごくび》小《しょう》の物質を通して〈星の死〉を解く学問だと言えるのですネ……」

《つまり、死の世界からの働きによると考えられている物質の「死の世界」が、我々の眼に見える実際の現象世界に、働きを及ぼす……我々の世界と平行して存在する別の世界の何かが、我々の世界の物質を突き動かしているのだ……シノハラ！

特に注目すべきは中性子星のことであるが……この中性子星は、爆発して死んだ星が残した燃えカスなのだ。

この星は輝きもなくエネルギー源もまったくない！

星が星でいられるのは、熱エネルギーによる外向きの圧力があるからで、例えて言えば、風船に空気がつまっているようなものだよ。

もし、星に熱エネルギーがなければ、星は重力にさからうことができずに、大きさのない一点にまで縮んでしまい、我々の感覚では捉《とら》えられなくなる。

ところが現実にエネルギー源のない中性子星が、大きさのある星の姿を残したまま、宇宙に存在しているのだよ、シノハラ！

言うなれば、空気もないのに、風船がふくらんでいるわけだ。

このこと自体が、宇宙に遍満している物理的な実体のない不可思議なパワー、つまり〝死の世界からの働き〟によると考えられる。

したがって〝死の世界からの働き〟となると、これはシノハラ……科学の世界を超えた思想、哲学、あるいは高等宗教の精神世界であり、量子力学と言うものは一面、哲学に近い科学であると言えるのだよ！》

眼に見えない宇宙の根源の力が、眼に見える現象世界を動かしていく……。

ここに、甚深《じんじん》なる宇宙の不思議な生命が存在すると、ニョーゼは粛粛《しゅくしゅく》と説いていた。

《生命とは何かを解明しているのは、シノハラ、科学の世界ではなく、高等宗教である大乗仏教であり、特に法華経に説かれている生命論を、君はこれから学んでいくべきだ。

宇宙はいろいろな可能性の集合体であり、人間がその一つを選んだにすぎない。

今の宇宙は、たまたま一つの宇宙であり、他の可能性もあった。

シノハラ、生命というものは、時間、空間を貫いている無始無終の実在せるものであると言えるだろう。

これを法華経では「我」と論じている。

その「我」の内容は、少々むずかしいが、次のように説いている。

其《そ》の身は有に非《あら》ず、また無に非ず、因に非ず、縁に非ず、自他に非ず、方に非ず、また丸に非ず、四角に非ず、大小に非ず、匂いに非ず……と。

このように三十四も〝非《あら》ず〟を並べて、生命のことを説いているが、これはたんなる否定ではなく、一方的表現では断定しきれないだろう……つまり、直截《ちょくさい》な形容では表現しきれない宇宙生命の輪郭《りんかく》を否定し、否定を重ねたうえで、その究極において肯定《こうてい》するかたちでしか表せない〝其の身〟を説き明かしたと言えるだろう》

「宇宙生命を論じることとは、哲理としてとても難解ですが、深い〝非《あら》ず〟の教えは、宇宙の森羅万象のすべてに通じることでしょうね！

〝我〟と言う宇宙生命のお話を聴いておりますと、それ自体を〝脳科学〟あるいは〝精神科学〟と受け止められるようですが」

《シノハラ……正《まさ》に君が言うとおりだよ。

ただ、地球というひとつの小さな惑星だけを視ても、その生命は有限であるし、生物を豊じょうならしめゆくガス体の太陽といえども、その寿命は、あと五十億年ほどだよ。

現代の天体物理学や、量子力学など、人類の多くの学問が実証しようとしている「無限の宇宙」こそが、永遠の宇宙生命を思索する舞台としてその準備を整え始めてるようだ。

それにシノハラ……宇宙のなかの先進惑星のいくつかは、新たな宇宙観としてのコスモロジー〈宇宙論〉の再興《さいこう》が大きな課題となりつつあるようだ。

それは宇宙の成りたちや、仕組みを研究する哲学的なる宇宙……つまりは、コスモロジーのパラダイムの転換を必要としているからなのだ》

「と言うことは、一つの時代を支配している共通の物の見方や考え方であるとか、思考の枠組《わくぐみ》とかが、パラダイムなのでしょうか？」

《そうだ。コスモロジーにもいろいろとあるが、それはすべての結合のパワーというものが淵《えん》源《げん》となるからだよ。

シノハラ、物語というのはいろいろな意味で結ぶ力を持っているが、様々な説話やコスモロジーが帯びている物語性というものが、人間同志、また、地球外の知的生物もそうであるが、人間と宇宙、自然を結び、失《うしな》われた絆《きずな》を蘇《よみがえ》らせるからなのだ。

このことは自己を制止しつつ、自己のなかに他者を復活させ、共にコスモロジーの住人として真実の対話を成り立たせることになるのだ》

「それはつまり……自分自身との内なる闘いであると、そう言えるのでしょうか！」

《そのとおりだよ、内なる闘いを絶対に回避してはならないのだ》

ニョーゼは、先の小惑星の地球への衝突回避後のここ数年、篠原の言動がもたらしがちな幻想、超自我が、自己陶酔《じことうすい》的に超越意識《ちょうえついしき》へと化してしまうことを避《さ》け、ギリギリの自制心にて、師のニョーゼに指導を求めていることを察していた。

《シノハラ、内なる闘いを勝ち抜くには、漫然たる日常性からきびすを巡らせて、弓を引き絞《しぼ》るように、精神を研ぎ澄まし、緊張と集中を己にさせていくことが大事なのだ。

君はここ数年、様々な分野の人たちと対話を重ねてきているようだが、注意すべきは、紋切《もんき》り型の宇宙論や、宗教論、そして平和論や生命論では、相手をうんざりさせてしまうのだ。生命の深みより発する人間性、哲学性、精神性と言った輪郭《りんかく》をとりながら、今のこの一瞬が全てであり、勝負であるという生のスタイルが相手に通じるものだよ。

私はここ数年、宇宙の旅を続けながら、星間電波を利用して、現代の地球人に思考性が似た惑星群の異星人が、あらゆる規範や価値観がゆらいでしまっている〝バーチャル・リアルティー〟つまり、仮想現実化しつつあることを案じながら、電波信号で連絡を取り合ってきた。

多くの宇宙の同胞たちと対話を重ねてきたが、精神性の薄明りのような闇を突き抜けた究極の生命というリアリティとは何か……いながらにして去来《きょらい》する時間の一切断面ではなく、超文明を維持する新たな行き詰まりの模索は、無始無終の生命を与えている宇宙の鼓動と律動のなかの一瞬がすべてであることを、私は語り続けてきた。

このことをわかりやすく人間に例えて言えば、人類が継承《けいしょう》してきた生物圏と、人類が創りあげてきた科学技術の世界とのあいだに生じた不均衡《ふきんこう》を改善し、調和のある人類の夢の空間の創造を訴える……つまりは、魂《たましい》の革命の道造りをしてきているのだよ、シノハラ》

「魂の革命……ですか!」

真夜中のマノアの白い家で、不思議な対話が、コンピューターの画面を通して続けられて、宇宙の様々な角度からなるニョーゼと篠原の師弟の姿は、一種、異様に見えていた。

《シノハラ、君と出会った昔も、そして今も、私の生命は燃え続けている!

我が生命も、君が生命も、これから先も末長く燃え続けていかねばならぬだろう。

しかし、人生というものは短いものだよ。

地球を含めてこの大宇宙に、平和と文化と教育の華を咲かせていく我らは、久遠《くおん》より、偉大な使命に生きる同胞であることを絶対に忘失してはいけないのだ。

この一念をきちっと自覚していれば、これから先、行き詰まることはないだろう……》

「ありがとうございます！

これでスッキリしました、必ず命《もとず》きます、使命を自覚いたします」

《まず肚《はら》を決めることだ、決まったら勇ましく前に前へと進むことだ。

周囲や社会、地球や世界を変えるためにはまず、自分自身が変わらなければならない！

その変えるべき根本は、以前から言っている生命観や生死観、それに自分観にある》

四劫《しこう》

数百万年前に、人間がはじめてこの地上に現れたときは、すでに、地球という惑星は中年期に入っていた。

仏教のなかの言葉に、極めて永い時間のことを「劫《こう》」と言う。

宇宙、生命、その他一切の生きとし生きる生命の流転を表すものに「四劫《しこう》」がある。

成劫《じょうこう》・住劫《じゅうこう》・壊劫《えこう》・空劫《くうこう》である。

成劫＝成立、形成する期間。

住劫＝安定期間。

壊劫＝壊滅していく期間。

空劫＝壊滅が終わり、空となる期間。

地球という惑星が、破局と激動の青年期から数えて、すでに四十六億年を経過している。

人間が棲《す》んでいる宇宙では、星の中心部で原子が作られている。

宇宙では、毎秒一〇〇〇個もの太陽が生まれ、生命は若い惑星の空気と水のなかで、太陽と雷《かみなり》とによって作られている。

宇宙では生物の進化の原料は、銀河系を半周した向こう側の星の爆発によって作られることもある。

そして宇宙では、銀河のような美しいものが一〇〇〇億回も創り出される。

そこは……クエーサーや、クオーク、雪やホタルの美しい幻想の宇宙である。

またそこには、宇宙の地獄と呼ばれているブラックホールもあれば、他の宇宙にも、地球以外の文明世界もあり、その文明世界からの電波のメッセージは、いまも地球に届いているのである。

しかしながら、いま地球という惑星は宇宙のなかで危険な変動の要因となっている。

人類がこの地球上に現れてから、数えて数百万年……一般的な文明が生まれてから、一万年……現代科学の考え方が生まれてから、数千年。

人類が技術文明時代に入ってから、まだ、数百年……そして人間が電波望遠鏡や、宇宙船や核を持ってから、まだ数十年しか経っていないのである。

人間の知能と技術は、二十一世紀に入って益々、多大な発展と進歩を遂げつつある。

しかし、そうした力を持ったものを、どのようにこれから使うのだろうか。

人類全体に影響をおよぼすようなことについて、人間は無知のまま満足していることができるのだろうか。

地球の長期的な繁栄よりも、短期的な利益を優先させるのだろうか。

それとも……人間は長期的な時間の尺度で、子供や孫の将来を心配し、この惑星、地球の複雑な生命維持システムのことを理解しようと努め、それを守ろうとするのだろうか。

宇宙や、地球、そして人間の、生命の尊厳という精神から比べれば、もったいぶった迷信や、エセ科学のなんと色あせて見えることか……。

人間にとって科学の研究や、宇宙生命のことを理解することは、なんと大切なことであるかを、いま人類は真剣に考える時である。

地震、津波、竜巻き、大洪水、台風、大旱魃など、自然はあらゆる面で、奥深い謎を現し、人間を不思議がらせたり、恐れさせたりしている。

ありのままの自然や宇宙を恐れ、持ちもしない知識を持っているかのように装い、人間中心の宇宙や自然を想像する人々は、迷信の儚《はかな》い安楽をこれまで好んできた。

そうした人たちは、世界と対決しないで、むしろ世界を避けてきた。

しかし、宇宙の組織と構造とが自分たちの願いや好みと大きく食い違っていたとしても、その真実を極めようという勇気をもった人たちは、宇宙のもっとも深い謎を、きっと解き明かすだろう。

言うまでもなく、科学の研究ができる動物は、地球上には人間だけである。

現在の地球文明は、宇宙のなかでは生意気な新参者のようなものである。

地球という舞台の上では、四十六億年にわたって、外の様々な劇が演じられてきた。

そのあとに人間の文化が登場した。

人間は数千年のあいだ、周辺を見回して、早くも永遠の真理をつかんだと宣言した。

それはあまりにも早計すぎると言える。

宇宙の森羅万象は、いかなるものといえども「成住壊空《じょうじゅうえくう》」のリズムにのっとっている点を厳しく見極めるべきであろう。

この成住壊空のリズムを、人間の人生と一日、一年として捉えてみると、近代科学の宇宙像が大変似かよっている。

成《じょう》とは＝誕生、青年期、一日の朝、一年の春。
住《じゅう》とは＝壮年期、一日の昼、一年の夏。
壊《え》とは＝老年期、一日の夜、一年の秋。
空《くう》とは＝死、一日の深夜、一年の冬。

仏法はこのように、近代科学の宇宙像と、人間の人生、一日、一年を説いている。

地球という水の惑星は、小さな壊れやすい星である。

故に人間は、この天体を大切に護《まも》らなければならないだろう。

いま、人間界のように、地球は急速に変化をしているところがある。それは、破滅への処方箋《しょほうせん》であろう。

どの国も、どの経済体制も、どの宗教も、どの文化も、そしてどの知識も、人間が生き残るのに必要な答えのすべてを持ってはいないのが現状である。

しかし、いまある社会体制よりも、はるかに良く機能する体制が数多くあるはずだ。

イヤ、あるに違いない……。

科学的、文化的、教育的、地球的、宇宙的な伝統のなかでそれを探すのは、人間として置き去りにされている〝生命の尊厳〟に、深く目を向けることであろう。


《シノハラ！

君自身の生命のなかに広がる生命の大海に目覚めてこそ、本当に充実した大いなる人生をインフィニットマンとして、全体人間として、生きていくことができるのだ。

宇宙のなかの異星人も、そして地球人も、いよいよ「生と死」を真剣に見つめはじめてきているようだ。

超能力者だの、テレパシーだの、コンタクトマンだのとは、以前の君の姿であって、これから先は無限の可能性を宇宙に、そして君自身の生命のなかに孕《はら》みながら「青は藍《あい》より出でて、しかも藍よりも青し」との言の葉があるように、弟子が師匠よりも立派になっていくことだよ》

明けの明星が美しく輝くはじめていた。

《再び近々、君と会うことになるだろう》

宇宙の賛仰の師であるニョーゼは、そう言い残して、静かにコンピューターの画面から
その姿を消した。

ラハイナ・ヌーン

ハワイ諸島のなかで二番目に大きな島であるマウイ島は、総面積が二〇二七平方キロメートルで、ホノルル市が在るオアフ島からは、一二九・六キロメートル離れ、飛行時間は三〇分程、南東に行った場所に在る。

マウイもオアフ島のように、元々は二つの火山だったものが、何千世紀も前に火山の噴火の際、それぞれの噴火口から流れ落ちた溶岩が合流し、固《かた》まって一つの島となった。

マップを見ると、マウイ島全体が女性の上半身にその形が似ている。

「首」の部分がカフルイの街からマラヤの港あたりで、「アゴ」の部分がパパワイ。

「口」のところがケカハ、「鼻」のところがハエキリ、「オデコ」のあたりがラハイナ、その上がカパルアのゴルフ場あたりである。

下の方だと「胸」の部分がキヘイの町で、「バスト」の所がマイナ地区になる。

それぞれの場所に、ミステリーゾーンや、パワースポットが隠されている不思議な島である。


一八八六年に、マウイを訪れたマーク・トウェインは、ハレアカラ山の広大な噴火口の内側の急な崖《がけ》から、くたびれ果てるほど、石ころを転がし遊んだ。

当時三一才で、カリフォルニアで広く読まれていた「サクラメント・ユニオン紙」の記者として彼は働いていた。

後に作家となり、『ハックルベリー・フィンの冒険』や『トム・ソーヤー日の冒険』を書いた著者として世に知られたトウェインは、渓谷の島と呼ばれるマウイをこよなく愛した一人である。

彼は足場にある大きな石を落としては、その石が殆《ほとん》ど垂直な側壁を転がり落ちていき、あちこちで一度に九〇メートルもはね返り、ぶつかる度にもうもうとホコリを立てながらスピードを増すにつれて視界のなかで小さくなり、ついに岩石そのものは見えなくなるが、通過跡は白いホコリによって知られ、スタートした所から七五〇メートルの深淵《しんえん》でやっと静止するのを眺めていたという。

マウイへやってくる旅行者たちは、いまだにこのハレアカラ（太陽の家）に対して畏敬《いけい》の念を持たずにはいられない。

珍しい鳥のネネ、不思議な宇宙花の銀剣草の花、そして雲のなかで野営して、昇る朝日を拝んだ時の神々《こうごう》しさ……。

古代のハワイアンたちから言い伝えられてきたマウイは〝魔法がかかっている〟とその言葉を信じても不思議ではないミステリー性を秘めている島である。

合衆国国立公園の一つであるハレアカラ山の噴火口は「大きく口を開けた死火山の噴火口」と呼ばれ、またハワイ諸島を発見したキャプテン・クックは「雲の上の頂上に突き出た高い丘」と呼んでいた。

円周が三三・八キロメートルで、深さが九一〇メートル、広さが四九・二平方メートル、海抜は三〇五七メートルもあり、ニューヨークのマンハッタンの街がすっぽり包まれる程の途方もなく広大なこのクレーターは、地上最大の規模を無気味に見せている。

マウイを訪れる観光客の殆《ほとん》どが、まず最初に見物する所がラハイナの町である。

このラハイナの歴史は、大規模な捕鯨《ほげい》業が盛えたことであった。

ハワイ全土を統一したカメハメハ大王が、一八一九年に亡くなった時、長男のリホリホがカメハメハ二世として王位を継承《けいしょう》した際、彼はラハイナを王国の首都と定め、一八四五年まで、この地がハワイ王朝の中心地となった。一八一九年当時、ラハイナは海と山に挟《はさ》まれた幅一キロメートル弱の地帯にある小さな田舎町であった。

当時、周辺には小さなヤシの葉ぶきの家が殆どで、現在はボートハーバーとなっている。カメハメハ一世は、タロイモ畑、砂糖キビ畑、ヘイアウ（神殿）、そして、カアフマヌ王妃のためにハワイ最初の「煉瓦」作りの西洋風住居の宮殿を造った。アメリカの捕鯨船が初めて立ち寄り、その後一八四〇年代までには、ハワイはアメリカの捕鯨業船団の主要な前進基地となった。

そのために、何千人もの船員たちが上陸し、ラハイナの町の海岸通りをうろつくようになって、町は栄えていった。

一八四六年代には、四〇〇隻以上の船がマウイに着き、当時のラハイナの人口は、三五五七人で、住居のうち八八二軒が草ぶきで、一五五軒がアドベー（日干し）煉瓦作りで、五九軒が石、または木造りだったという。

ラハイナ港は、錨地が広々としていたので寄航港としては一番人気があった。ラハイナ水道と俗に言われている沖合いの海は、近くのモロカイ、ラナイ島によって保護されており、捕鯨船が安心して停泊でき、天候に関係なく殆どいつでも西マウイ方面の海を航海できた。

鯨《くじら》の宝庫である日本沿岸沖の海域が開かれると、日本の港はその当時外国の船に閉ざされていたために、ハワイ諸島はよりいっそう補給港として盛えた。

捕鯨船が、東洋の海や太平洋の他の海域で操業するようになるに従って、はっきりとした航海パターンが形作られ、はじめの頃の捕鯨船団は、冬のあいだにニューイングランドからケープ岬を回り、春にラハイナやホノルルに補給のため立ち寄る時まで捕鯨した。夏のあいだ中、鯨の漁をして過ごした船は、ニューイングランドへの帰途に再びハワイに立ち寄っていた。

ハワイで操業をした捕鯨船団の第一の目当ては、マッコウクジラであった。

この鯨は、一番数が多かったうえに、頭腔から最良の油が採れた。

マッコウクジラの下顎からは、ハワイよりも、もっと孤立した島での物々交換に使われた大きな白い歯がとれ、鯨骨細工をするアーティストに高く評価された。

マッコウクジラが見当たらないときは、モリ打ちたちは、ヤミ鯨、コクジラ、ナガス鯨、灰色鯨、そしてマウイやラナイ島の近海に止どまるザトウ鯨などの歯のない鯨や、ヒゲのはえた鯨を探した。

その後、捕鯨船が大型化し、航海も長期化した一八五〇年代に入ると、捕鯨船の船長たちは、北洋漁場で夏を過ごし、赤道付近で冬を越すようになった。

ハワイには、春と秋の二回、あるいはどちらかの一回立ち寄って、鯨油と鯨骨をおろして再び出港し、おろされた荷は、商船に積み替えられて、ニューイングランドへと運ばれて行った。


捕鯨の経験を小説に書いた最高の作品とされている「白鯨」の作者ハーマン・メルヴィルは、一八四三年にラハイナを訪れるとすっかり魅了され、その後、鯨取りとなり作家となった話はよく知られている。


ラハイナから捕鯨船が去って久しいが、海に面し、生彩に富んだこの町は、しょっぱい一八〇〇年代の活気と、当時の建築様式とがそのまま止められている。

この町で、近代ハワイの歴史が始まったのであり、今でも昔日のラハイナの繁栄を偲《しの》ばせるものがあちこちに息づいている。

ラハイナは、マウイ島で最も活気のある町であり、一世紀以上も前に、マーク・トウェインや、ハーマン・メルヴィルがこの町を愛し散策した海岸通りに、今では高級レストランや、ナイトクラブ、ギフトショップに当世風の名の専門店《ブランド》が、賑やかに立ち並んでいる。

映画の都ハリウッドのベニヤ板作りのセットのような見かけに拘《かかわ》らず、散策の町である。

愛《いと》しのラハイナでは、朝早く起きると海の岸壁まで歩いて行き、停泊地の彼方に隣島のモロカイ、ラナイ島の姿が絵のように見える。

夕方には、あかね色の空を背景にこの二島の影が黒々と目に映る。

町の後方にそびえ立つ西マウイ連峰のゆるやかな裾野には、砂糖キビとパイナップルが栽培され、午後になると柔らかになりかけた陽の光りのなかで山々が、雲を背景にして切り絵のように鮮やかに浮きあがる。

歴史があり、ロマンが漂う、海と山と緑におおわれた畑と住宅と町並みが、不思議な天象と地象を醸《かも》し出す。ラハイナ・ヌーンが、この年の夏もはじまった！

二

世のなかには想像だけでは把握《はあく》できない、実に不思議な現象が起こる。

地球上では、熱帯地方のみに見られる不思議な天象・地象・現象であり、アメリカ国内ではハワイのみに観測できるものがある。

それは……太陽が島の真上をとおり過ぎる時に、ほんの三分から五分のあいだ、伸びた樹々や、高い建物、旗竿《はたざお》などの影が、完全に消滅する不思議な現象である。

太陽とハワイの島が、垂直《すいちょく》に完璧《かんぺき》な直線上に並列することで、影が全く生じなくなるのだ。

影が消える現象は、古い時代からハワイでは知られてきたが、特にオアフ島や、マウイ島で、この現象がハッキリと見られ、この現象の正式な名称はなく「影のない午後」「太陽が頭上にやって来る日」「ハイ・ヌーン」等と呼ばれてきた。

マウイ島のラハイナでは、昔からこの現象が整斉《せいせい》と起こっており、このことから「ラハイナ・ヌーン」と、一九八九年、この名称が正式に統一化されている。

年に二度程、五月末から七月末頃、正午の十二時二八分頃に、この不思議な現象が発生している。

わずか三分から五分間の、この不思議な現象に、ハワイアンたちは、これはきっと何かの瑞相《ずいそう》だと善に解釈する者と、忌《い》み嫌《きら》う者とがいたようであるが、天文学上ではどのように見ているのであろうか。


その年の五月二十七日の正午であった。

ラハイナの海岸線を走るメインのフロント通りに在るタウン・スクエアに、ハワイ諸島最大の巨大なバニアン・ツリーの大樹が茂って周辺を威圧《いあつ》している。

一八七二年に植えられたこの大樹の茂みは、二七〇〇平方メートルと途方もなく枝が伸びて広がっている。

その巨《おお》きさに観光客の誰もが驚き、目を瞠《みは》り、カメラのアングルには入りきらない。

数十本の枝から、白色の枝根がまるで滝の流れのように垂れ下がり、次々と枝を増やしてその枝根が地中に埋まっているその光景は圧巻だ。熱帯のハワイ特有のバニアン・ツリーである。

この大樹の茂みが多くの野鳥や、マイナ・バード（九官鳥に似たムクドリ）たちの格好な止まり木となっている。

この日の正午のことであった。

まだ日没時でもないのに、数百羽の鳥たちが、急にこの大樹の茂みに帰ってきた。

やがて午後の十二時二〇分を過ぎた頃、ラハイナを照らしていた太陽が、真上に完璧な直線上に並列して、三分ほど止まった。

バニアン・ツリーの影が完全に消滅する〝ラハイナ・ヌーン〟の不思議な現象が起こったのである。

数百羽の野鳥たちはじっと息を殺し、小枝にしがみ付き、肩寄せ合っていた。

その間沈黙が広がり、海風だけが戦《そよ》いでいた。

やがて降り注ぐ太陽の光りの下で、バニアン・ツリーの樹木の落とすまだらの影が、くっきりとその静寂さを抱きとり、小鳥たちの合唱が再びはじまった。

宇宙の混沌《こんとん》は、滾《たぎ》っているばかりではなく、滾りながら、森羅万象のなかで流れていた。

惑星発見

二〇一〇年九月二十九日付の新聞紙上に、ハワイ島のマウナケア山頂に在るケック天文観測所で、地球に類似した惑星を発見したことが、ワシントンDCとホノルルの研究者から発表された。

〝グリーゼ581G〟と呼ばれるこの惑星には水があると考えられるところから、生物存在の可能性が大きいとされ、将来太陽圏外における生物追求にはずみがつくものと期待されている。

同じくこの惑星発見のビッグニュースは、フランスやスイスなどの研究チームの間でも話題になり、この惑星の表面は、生命を育むのに不可欠な液体の水が存在し得る温度と見られ、地球外生命を探査する重要な候補地になると論じられていた。

また、南米チリにある欧州南天文台では口径約三・六メートルの望遠鏡で赤色矮星《わいせい》などの動きが解析され、この惑星の存在を突き止め、この赤色矮星の周囲には、他にも大きな惑星が二つあるようだと報じた。

このビッグニュースは、世界中に配信され、ハワイ大学の天文学者、ネーダー・ハギギプア氏は、この発見を「新時代の幕明け」と称し、「太陽圏外の惑星追跡の目的は地球に似た惑星を見つけだすことにあり、今回の発見がその最初のものとなった」と語った。

また、ホノルルに在るビショップ博物館のプラネタリウム担当のシヤナハンディレクターは「水の存在は宇宙のなかに生き物が存在する可能性を大きく進展させるもので、しかもこのハワイでそれが発見されたということから、人々の関心が集まるのは確実」と言う。

NASAのチャールズ局長は、「かつて、地球外生命体が住む惑星は、SFの世界の話だと思われていたが、今回の発見でたんなるSFの世界ではなく、現実になるのかもしれない」と語っていた。

宇宙の生命史を創り出す風、時代を変える風が、マノアの大地を吹き抜けていた。

新しい惑星の発見に愕《おどろ》き、昂《たか》ぶる気持ちを押さえながら、シーナ・ウインストン博士は、マノアを訪れて篠原夫婦と談笑し、コーヒーを楽しみ、イギリス人の血を持つだけに美しいその風貌は、挙措《きょそ》の艶《あで》やかさを見せていた。

「シーナさん、その新発見の惑星はどんな星なの？」

「うん、エレナ、それはね、この地球からてんびん座の方向に二〇・五光年離れているのだけど、恒星の一種である赤色矮星《わいせい》〈グリーゼ581〉の周囲を回っているのよ。

直径は地球の約一・五倍で質量は約五倍と、これまでに発見された太陽系外惑星のなかで最も小さいとみられているわ。

赤色矮星《わいせい》からの距離は、太陽――地球間の約十四分の一と近いけど、赤色矮星は太陽より温度が低いために、惑星表面の平均温度は、零度から四〇度のあいだとみられているの。

水そのものの存在はまだ未確認だけど、岩石か海洋に覆われているはずだと言われているのよ、エレナ。

岩石質の〝グリーゼ581G〟はおよそ二〇光年離れた距離で、惑星自身の恒星（太陽）の周囲を回っていて、恒星に近からず遠からずの位置にあるところから、生物の棲息《せいそく》に適している範囲にあると判断されているわ」

「シーナさん、今回の発見はかなり前からマウナケアの天文観測所で観測を続けられていたのですか？」

「うん、マウナケアのケック観測所ではこれまで十一年にわたって、赤色の矮星グリーゼ581を観測し続けていたのよ、オサム。

二〇〇〇年に六個の惑星のうちの最初のものを発見しているのよ。

各惑星には発見された順にアルファベットが付けられ、二〇〇五年に発見されたものは581Bと呼ばれているわ。

これまでに発見されたものは、恒星との距離が近すぎるため、温度が高すぎて水が存在できないものや、大きすぎたり、ガスが充満していたり、低温すぎたりするものだったようね。だけど今回発見されたグリーゼ581Gは、適度の条件を備えた最初のものよ。

地球からの距離と、光の欠如から、ケック望遠鏡からの観測では水の存在は勿論のこと、惑星を見ることはできないけど、グリーゼ581の傾斜、恒星の周囲を回る際に恒星に引き寄せられる動きなどから確認されたのよ。惑星はね、オサム、地球の三～四倍だけど、グリーゼ581恒星は、地球の恒星である太陽の三分の一の大きさにすぎず、太陽年令の四五億年に対して、八〇億年と古いのよ。

地球は太陽から九三〇〇万マイルの軸上を回転しているのに対して、このグリーゼ581Gは、恒星からわずか一四〇〇万マイルの距離にあるのだけれどね、581恒星は太陽よりも放射線の放射が非常に少ないため、惑星が恒星により接近した距離でも、地球同様の状況に成り得ると言われているの。

581Gは、水星同様、恒星に対し常に同じ方向を向けていて、半分は常に暗く、また残り半分は常に明るいのよ、オサム。

それにね、地球が三六五日で太陽を一周するのに対し、581Gは三七日と短いの」

シーナ女史は今回の惑星の発見に対して、天文学者として、また科学者として、戦《そよ》ぐ射倖心《しゃこうしん》を押さえきれない表情を彷彿《ほうふつ》させていた。

「オサム。六つの惑星で構成されているこの太陽系は、地球を含む太陽系よりも二倍も古いと想定されているのだけど、専門家や、天体観測愛好者のイマジネーションを大いに刺激させていくと私は思うわ」

「そう言えば、七年間の宇宙の長旅を終えて地球に帰還した日本の小惑星探査機〈はやぶさ〉のカプセルから見つかった微粒子の件にしても、今回の惑星発見の件にしても、益々、宇宙が近くなっていくように思えて楽しくなりますね、シーナさん」

「そうよね。これから先、心ある科学者は、オサムが常に言っている深い精神性、哲学性を真剣に探求していかなければならない時代に入ったのだと、私も思わずにはいられないわ」

「それにしてもシーナさん、ケック望遠鏡で地球から二〇光年も離れた惑星が発見されるなんて驚きね。

私たちが生きている時代は別にしても、やがて近未来に、この発見された惑星に、地球から、無人有人の探査機が降り立つときがやってくるなんて、ほんとうにSF映画のようだし、それが現実に観られるのかしら。

それにエイリアンにも遭えるのかもネ！」

ちなみに「グリーゼ581」とは、太陽の役割をしている恒星と六つの惑星を意味する呼び名であり、恒星グリーゼ581の他に、惑星グリーゼ581B、C、D、E、F、Gがある。

生命体がいると予想されているのは、恒星グリーゼ581Gである。

この惑星発見のビッグニュースにもうひとつ、驚くべきことがあった。

それは、オーストラリアにある大学の調査、研究により、はるか彼方から、地球外知的生命体らしき存在からの〝パルス（電波）信号〟が発信されていることが明らかとなったのだ。

地球外の文明による信号の可能性があるという、夢のようなニュースであった。

電波信号を使って、星間通信をしているパルス電波が発信されているのは、恒星グリーゼ581をまわる惑星からで、地球から二〇光年離れた恒星グリーゼ581を中心とした太陽系型の天体にあるという。

そこには六つの惑星があり、そのひとつは以前から生命体がいてもおかしくないと言われていた惑星のグリーゼ581Gであることから、大きな注目を集めている。

この惑星〝グリーゼ581G〟は、水と緑に包まれた自然豊かな〝地球型惑星〟の可能性があり、どのような知的生命体が生活しているのかはまだ不明であるが、パルス電波が確かなものであれば、地球人と同等か、それ以上の科学文明を持っている可能性がある。

ウエストシドニー大学のラグバー博士は、二年前から恒星グリーゼ581の周囲を調査しており、そのときからパルス電波の規則性を調査していた。

そして今になり、このパルス電波が人工的な文明によるパルス電波の可能性が高いと判断している。

その恒星グリーゼ581の周囲から規則的なパルス電波が発せられているとあれば、グリーゼ581Gに生命が存在しないと思うほうが不自然と言えるだろう。

恒星グリーゼ581の周囲にある惑星に対して、生命が存在する可能性は一〇〇パーセントと言えるだろうと、ラグバー博士は言う。

しかし、惑星グリーゼ581Gの知的生命体と交信をするにしても、質問を投げかけて返信されてくるのは、四〇年後ということになり、高速の宇宙船で惑星グリーゼ581Gに向かったとしても、到着まで二〇年かかり、現在の地球の科学力では何百年かかるのかわからない。

もし最速のファーストコンタクトを望むのであれば、地球の位置を電波で伝え、グリーゼ581Gの知的生命体のワープ航行等の技術で地球に来てもらうほうが早いかもしれないが、友好的な生命体がいることを祈りたい。

これまで使われてきた光学赤外線望遠鏡ばかりでなく、X線観測衛星や、ガンマ線観測衛星、ニュートリノ望遠鏡と宇宙の謎解きに活躍を続けているが、更に電波望遠鏡や、重力望遠鏡と科学技術は進んでいく。

　宇宙はどこまで行っても不思議なことだらけで、人間はその謎の一つ一つを解明しながら、宇宙で何が起こっているのか、天文学者や物理学者が何を考えていくべきか、今回の惑星の発見で、新たな提起が問われる時代となってきた。

　シーナ・ウインストン女史はそのように篠原夫婦に熱く語りかけていた。

SETI

篠原は先日、ニョーゼとのコンピューターの画面を通しての再会の最後に、師のニョーゼが《近々また君に遭うことになるだろう》と言っていたことをふと想い返していた。

今回発見された〝グリーゼ581G〟という惑星は、太陽の四五億年よりも古く、すでに八〇億年の時を宇宙で刻んで来ている。

生物の棲息《せいそく》に適しているというこの星は、地球の年令よりも倍以上も古いのだから、当然そこでは、文明の進化が著《いちじる》しいと考えられる。

NASAから離れた現在のSETI（地球外知的生命探査）は、国際天文学会のれっきとした一分野となっているが、ここに集まってくる学者たちは、生物学者はもちろん、天文学者、物理学者など多種多様で、真面目にET（宇宙人）を探す研究を行っている。

このSETIが探しているETとは、我々と意思の疎通《そつう》が可能なくらいに高等な知性をもった生命のこと、いわゆる宇宙人である。

地球と同じような、発見された惑星は、太陽に近すぎると金星のように灼熱《しゃくねつ》の惑星となり、遠すぎると木星のように氷の惑星となってしまうが、地球も太陽からちょうどいい距離にあるから生命が生まれたのと同じように、この惑星の位置も好条件に恵まれた位置にある。

地球の誕生は四六億年前で、誕生から約十億年後に生命は発生している。

であるならば、発見された惑星に生命が誕生していても何の不思議もないだろう。

時間がかかるのは、生命の誕生ではなく、むしろその進化のほうであろう。

我々の銀河系には地球に似たような惑星がたくさんあり、そのうちのほとんどで生命が発生していると考えられるが、ただし、そのなかで地球人類のような知的生物にまで進化しているのは、ごくわずかであろう。

今回の惑星は、地球から二〇・五光年も離れている。

もし、この惑星に〝タイムマシン〟を創るほど進化した知的生物がいるとしたら、彼らが平和的宇宙の隣人であることを祈りたい。

これまでのＳＥＴＩの主な研究に次のような内容がある。
○ある特定の惑星系のなかで、生物の存在しうる生態学的環境を持つ惑星の数。
○適当な環境を持つ惑星のなかで、実際に生物が誕生した惑星の割合。
○生物の住む惑星のなかで知的生物のいる惑星の割合。
○知的生物の住んでいる惑星のなかで、通信技術を持つ文明人のいる惑星の割合。

しかしながら、それらの研究の成果はまだ陽の目を見ていないのが現状である。

宇宙にはロマンがあり、永遠があり、広大無辺なる生命の拡がりがある。

そして宇宙は、その神秘を探ろうとする人間の英知の世界でもある。

また、コスモスと言う言葉には、宇宙の複雑で微妙な一体性に対する畏敬《いけい》の念が深くこめられている。


先のグランドキャニオンでの未知との遭遇は、すでに遠く過ぎ去った、一場の夢と風化してしまっていた。

ところが、今回の惑星発見で、地球人類に似た知的生命物が存在する可能性に、急速にその蓋然《がいぜん》性が浮上してきたのだ。

　ＳＥＴＩが沸いてきた……！

　もし発見された惑星が、地球より進歩した世界であるとしたら、我々でさえすでに太陽系の探測を行っているのだから、その星の代表者たちはすでに、地球に来ているはずである。したがって、他の文明人たちと通信を交《かわ》そうと思うならば、惑星間宇宙の距離を超えるだけではダメで、恒星間宇宙の距離を超えなければならない。

　また、恒星間の対話を可能にするためにはスピードの速いものでなければならない。

　そして技術文明の進化の仕方が違っていても、その電波をすぐに発見できるように、通信の方法は、はっきりとしたわかりやすいものでなければならない。

　驚くべきことに、そのような方法はすでにある！　それは、電波天文学と呼ばれているものである。

　この地球上でもっとも大きい、準可動式の電波レーダー望遠鏡がアレシボという所に在る。アレシボはプエルトリコ島の奥まった山地であり、アメリカ科学財団の委託を受けて、コーネル大学が天文台を運営している。

　そこには電波を発射する直径三〇五メートルのアンテナがあり、それは球の一部分となって以前からあったおわん型の谷間に据え付けられている。

宇宙の奥深くからやってくる電波を捕えて反射し、おわん真上の高い所にある送受信アンテナに送り込むのだ。

そのアンテナは制御室につながれており、そこで信号が解析される。

逆に、この望遠鏡をレーダー発信器として使うときには、送受信アンテナからおわんに向けて信号を発射する。

おわんがそれを反射して宇宙へ向けて送り出す。

アレシボ電波天文台の望遠鏡は、これまで宇宙の文明人たちからの知的な信号を探すのにも使われてきたし、これまでに一度だけ、はるかな球状星団M13へ向けてメッセージが送られたこともある。

つまり我々は、両方向の恒星間対話を行う技術的な能力をすでに持っている。

アレシボ天文台は、ブリタニカ百科事典に書かれていることの全てを、数週間のうちに他の惑星の周りの惑星にある同じような電波天文台に向けて送り出すことができる。

電波は、光の速度で進むから、我々が打ち上げに使用しているもっとも速い恒星間探査測器につけられたメッセージに比べ、一万倍も速く飛んでいく。

電波望遠鏡は、周波数幅の狭い、きわめて強い信号を発信することができるので、この電波信号は、恒星間宇宙のはるかな距離をへだてた所でも受信することができる。

アレシボ電波天文台は、一万五〇〇〇光年離れた惑星の、同じような電波天文台とも、通信を交すことができる。

それは、銀河系の中心までの距離の半分ぐらいであるが、しかし、そのような通信を行うためには、おわん型のアンテナをどこに向ければ良いのかを正確に知っていなければならない。


電波天文学は、自然な技術である。

進歩した文明世界とは、電波天文学を知っている高等生物たちの世界である。

人類はすでに電波を使って、宇宙の他の文明世界を探しはじめているが、この探測はまだ初期の段階にとどまっている。

この電波は事実上、どの惑星の大気も、その成分がどうであれ、電波の一部分は必ず通すものがあり、電波は、途中の恒星間宇宙のガスにはそれほど吸収されず、散乱されることもない。

それは丁度、サンフランシスコとロサンゼルスのあいだにスモッグが発生して、可視光線での視界が数キロメートルに落ちていても、サンフランシスコの放送局の番組が、ロサンゼルスではハッキリ聞こえるのと同じである。

宇宙には、知的な生物と何の関係もない、自然の電波源がたくさんある。例えば、パルサーやクエーサー、惑星の放射線帯、恒星の外側の大気などがそれであるが、電波天文学が少し発達していれば、どの惑星からでも、そのような明るい電波源を見つけることができるだろう。

電波は電磁波のスペクトルのなかの大きな部分を占める。

したがって、どのような波長であれ、いったん電磁波を発見すれば、その技術社会の人たちは間もなく、その電磁波のスペクトルのなかから電波の部分を見つけ出すことだろう。

また、もっとすぐれた効果的な他の通信法もある。例えば、恒星間宇宙船とか、可視光線、あるいは赤外線のレザー、断続するニュートリノ、変調された重力波、そのほか、一〇〇〇年も経たなければ発見できないような他の種類の発信法もあるだろう。

進歩した文明世界の異星人たちは、通信の手段として電波を使うことは、とうの昔に卒業しているかもしれない。

しかし、電波は強力で、安く、速く、しかも簡単である。

我々のような遅れた地球文明世界の人間が天からのメッセージを受け取ろうと思えば、まず電波技術に頼るだろう……ということを彼ら異星人は知っているはずである。我々、地球人がもし電波のメッセージを受け取ろうというのであれば、我々は少なくとも、電波天文学について十分知っていなければならない。

今日まで、我々が探究している銀河系のなかには、三〇〇〇億個から五〇〇〇億個の恒星があるというのに、人の住む惑星を見つけるのは至難であった。

技術文明の世界は、宇宙のなかでは、ありふれたものであり、銀河系には進歩した社会がたくさんあって、脈打ち、うなりをあげて存在している……が、それはあまりにも想像を絶する遠い距離であった。

だがしかし、今回の惑星の発見の快挙で、我々の地球にもっとも近い文明社会は、それほど遠く離れていない、すぐ隣りの、肉眼で見える星の周りの惑星にも存在しえ、電波望遠鏡が設けられ、電波信号を送り出している可能性があることを見出したのである！

これまで我々が夜空に見る、針の先のような幽《かす》かな光の点の近くに一つの世界があり、そこでは、我々とまったく違う知的生物が夜空を見上げ、我々が太陽と呼んでいる恒星をぼんやりと眺め、一瞬にせよ、ふらちな憶測を楽しんできた夢の世界が、いま現実味を帯び始めた。
ＳＥＴＩグループの誰もが、宇宙からふって湧いた今回の快挙を胸のうちに括《くく》った。
さあ新たなる出陣である！
終りなき戦いが、これから始まる……と。

進化

アメリカで読まれている英文の〝平家物語〟がある。

一一八五年のことである。

日本の安徳天皇は、満六才の少年だった。

彼は、平家という武士一族の名目上の指導者であった。

平家は、源氏というもう一つの武士の一族と、長期にわたって血みどろの戦争を続けていた。平家も源氏も、みずからを天皇家の子孫であると主張していた。

彼らの間の決定的な海戦が、一一八五年四月二五日、瀬戸内海の壇ノ浦で行われた。

安徳天皇も、軍船に乗っていた。

平家は数も少なく軍略《ぐんりゃく》もまずかった。

数多くの武士が殺され、生き残った人たちは、みずから海に身を投げ、おぼれ死んだ。その数はおびただしいものであった。

天皇の祖母にあたる二位の尼は「天皇を敵の捕虜《ほりょ》としてはならない」と決心した。

天皇は、その年、六歳であったが、ずっと年長に見えた。彼は、非常にかわいらしく、まわりに光を放っているかのように思われた。長い黒髪は、ゆったりと背中までたれさがっていた。驚きと不安の面持ちで、天皇は二位の尼にたずねた、「私をどこへ連れてゆくのか」と。

二位の尼のほおを涙が伝わった。彼女は振り向いて幼い天皇をなぐさめた。彼は山鳩色の御衣を着て、髪はたばねていた。

天皇とはいえ、子供の彼は、目に涙をたたえて、美しい小さな手を合わせた。そして、まず東を向いて伊勢神宮に別れを告げ、それから西を向いて念仏をとなえた。

二位の尼は、天皇をしっかりと抱いて「深い海のなかに、私たちの都がございます」と言いながら海に飛び込み、波間に沈んだ。

平家の軍船はすべて打ち壊され、わずかに四三人の婦人たちしか生き残らなかった。

これらの宮廷の侍女たちは、戦いの場に近い所で、漁師たちに春を売らざるを得なかった。平家の一族は、ほとんどすべて歴史から消されてしまった。しかし、もとの侍女たちや、漁師との間にできた子供たちは、戦争をしのぶお祭りを始めた。

お祭りは、その日を記念し、新暦に直して毎年四月二十四日に行われる（現在は、五月二日〜四日に行われている）。

平家の子孫である漁師たちは、麻の直垂《ひたたれ》を着て黒い烏帽子《えぼし》をかぶり、安徳天皇の御霊をまつった赤間神宮まで行列をする。

そして、壇《だん》ノ浦《うら》の戦いのあとに起こったことを再現した劇を見る。

何世紀たっても、人々は、幽霊の武士の軍団が見えると信じている。

その武士たちは、海の水をくみ出してしまおうと、空しく努める。それは、血と敗北と屈辱に満ちた海水をくみ出そうとするのである。

その平家の武士たちは、カニに姿を変えて、いまも瀬戸内海の底をさまよっている……と漁師たちは言う。

そこには、甲羅《こうら》に奇妙な模様をもったカニがあり、その模様は、武士の顔に驚くほど似ている。このカニが網にかかっても、漁師たちは食べようとはしない。壇の浦の悲しい戦いをしのんで海に戻《もど》すのである……！

地球は、温度も適当なら、水もあり、酸素の大気もある。生命を宿すのにまったくピッタリの場所である。なんという幸運な偶然がいくつも重なったことであろう……。

しかし、これは少なくとも部分的に原因と結果とを取り違えている。我々地球の生物は、地球で育ったから、地球の環境にきわめてよく適応しているのだ。よく適応することのできなかった初期の生物は死んでしまった。

我々は、うまく適応した生物の子孫なのである。まったく違った世界で進化した生物たちも、間違いなく〝我が世の春〟を楽しんでいるはずである。

地球上の生物は、たがいに密接な関係を持っているが、我々は、同じ有機化学の法則に従っているし、同じ進化の道を辿《たど》ってきた。

この平家物語に出てくる伝説は、おもしろい問題を提起している。

いったい、どうやって、武士の顔がカニの甲羅《こうら》に刻まれたのであろうか！

それは人間が顔を作った……ということである。カニの甲羅の模様は、遺伝によって決まるものである。

しかし、人間の場合と同じように、カニにもいろいろな遺伝の系統がある。カニの遠い祖先のなかに、偶然、甲羅の模様が、ほんの少し、人間の顔に似たものがあったとして、壇ノ浦の戦いの前でも、漁師たちは、そのようなカニを食べるのをためらったり、ちょっとばかり吐き気を催《もよお》したりしたことであろう。

彼らは、そのようなカニを海に戻すことによって、カニの進化に介入した。

もし、甲羅の模様が人間の顔に似ていなければ、そのカニは人間に食べられてしまい、子孫の数は少なくなってゆく。

甲羅の模様がいくらかでも人間の顔に似ていれば、そのカニは海に戻してもらえるので、子孫の数が多くなり、カニにとって、甲羅の模様は運命を左右するものであった。

そのようにして、カニも猟師も、何世代かを経過したが、その間、武士の顔にもっとも良く似たカニだけが選択的に生き残った。

そして、つまるところ、人間の顔、日本人の顔に似ているというだけではなく、恐ろしいしかめっつらの武士に似ているカニができあがった。

これらのことは、決してカニが望んだわけではなく、その選択は外からなされた。

武士に似ていればいるほど、生き残る可能性は大きかった。

そして、その結果として、武士の顔をした〝平家ガニ〟が多くなり、今も多くいる。

この過程は「人為淘汰《じんいとうた》」と呼ばれている。

平家ガニの場合、漁師たちは、人為選択《じんいせんたく》をしようなどとは思ってもいなかっただろうし、カニのほうも、このことを真剣に考えたりはしなかっただろう。

しかし、人間は、何万年ものあいだ、どの植物と、どの動物は生かしておくべきであり、どれを殺すべきかを、たえず選択してきたのである。

人為選択によって成しとげられたとすれば、何十億年にわたって続けられてきた自然選択は、どんなことを成し得ただろうか。

その答えが、現在の、変化に富む美しい自然界である。

進化は、理論ではなく、事実である。

人間が実際に変種を作り出すのではない。人間は、意図しないで生物を新しい環境に置く、その結果、自然が生物に働きかけて変種ができる。しかし人間は、自然が与えてくれた変種のなかから選ぶことができる。

そして自分の好きなように変種を集める。

このようにして人間は、自分自身の利益と興味のために、動物や植物を変える。

人間はこのようなことを組織的に行うこともあるし、そのとき自分にもっとも役立つ動物や植物を保護することによって、無意識のうちにそれをやっていることもある。

ダーウィンの「種の起源」が生まれるまでは、動物や植物を含めたすべての生物は、偉大な創造主が造ったものだとされてきた。創造主の存在を考えることは、自然なことであり、生物界を人間的に説明することであった。

しかしダーウィンは、もう一つの可能性……つまり、同じように人の心の中に訴え、同じように人間的で説得力がある自然選択の理論を見出した。

地上のあらゆる種の生物や化石が創造主の手によるものだとの当時の説は、試行錯誤や予見性のなさという点では、すぐれた創造主にはふさわしくない。

このことは言わば、神を冒涜する宗教界へのチャレンジでもあったのではないだろうか。

鳳雛《ほうすう》

人生はまさに海図なき航海である。

人々は、経験的にわかっている危険には気をつけるが、未知のものには、意外と鈍感《どんかん》であり、時代感覚だけでは満足しない。

また、流行や溢《あふ》れるほどの情報に触れても満足できないでいる。

何かしら永遠なるもの、心の安らぎや充実感を、究極的には欲するものであろう。

地球という惑星はすでに完全に調べられた現在、もはや、新しい大陸や、失われた大地を発見することはできない。

しかしながら、地球上の最も遠い地方を探検し、そこに住むことを可能にした技術が、いま、地球を離れ、宇宙を飛び出し、別の世界を探検することを可能にしはじめている。

我々はいま、地球を離れ、天空からこの地球を見るまでになった。


篠原修は、人生の厳しい現実に根差しつつ、心は常に雄大な理想、未来を見つめていく内面の闘いに戦《そよ》いでいた。

そうした自尊感情《じそんかんじょう》を持ち続けながら、新たなインフィニットマンとして、自分自身に価値を見出そうとしていた。


闇溜《やみだま》りのなかで、ふと花の匂いが風と共にマノアの自宅の窓辺に立ちのぼっていた。

真夜中の時間に、コンピュータに向き合う篠原の前の画面に、宇宙の賛仰の師と仰ぐニョーゼが映っていた。

《シノハラ、新しい惑星の発見に世界中の人々が戦《そよ》いでいるようだね。

その誰もが、人間よりもすぐれた知能を持ち、人間と同じく生と死を繰り返す生物が、この地球を熱心に細かく観察しているかもしれないと、不安を抱いていることだろう。

たとえて言えば、水滴《すいてき》のなかに微小《びしょう》な生物が群《むら》がり繁殖《はんしょく》しているのを、人間が顕微鏡《けんびきょう》で見ているように、彼ら（異星人）も、人間が地球のなかであれこれ忙しく動き回り、世界のあちこちで民族間の紛争《ふんそう》を続けたり、テロリストたちの蛮行《ばんこう》や、独裁者《どくさいしゃ》が国民を苦しめたり、様々な社会のエゴイズムの姿が、精密に観察され研究されているだろう。

人間は価値的ではない問題で世界中をあちこち動き回ったり、核を保有したり、危険な原子力発電にエネルギーを求めたり、自分たちだけが物質世界を支配しているのを見て安心したりしている。

また、地球以外の他の惑星に知的生物が存在するなんて、全くあり得ないことだと、今でも大多数の人間がそう信じている。

反面、今回の惑星の発見がまるで大事件でも起きたように思っているようだ。それは人間よりもすぐれた知能と、超近代文明を持ち、冷静で無情な知的生物がいて、地球をやがては攻撃《こうげき》してくる……などと保守的な考えを持つ者が出てくる可能性が強い》

「その不安材料となるのは、地球よりも発見された惑星のほうがはるかにその誕生が宇宙のなかで古いからなのでしょうか?」

《うん、単純な考え方だと、地球より古いということは、発展した先進の文明を持っている……そう考えてもおかしくない。

シノハラ、地球は、四六億年ほど前、宇宙空間での星間ガスとチリとが凝縮してできたものだよ。

そしてその後まもなく、四〇億年ほど前に、原始地球の池や大洋のなかで生命が芽生えたのだ。そのことは化石が示している。

最初の生物は、単細胞生物のように複雑でも精巧でもなかった。最初の生命の芽生えは、もっとつまらぬものだったようだ。

そのような初期の頃には、大気中には、水素原子を多く持った単純な分子が含まれていたが、これらの分子に稲妻が作用したり、太陽の紫外線があたったりすると、分子は分解し、その分解した破片《はへん》は、自然に再び化合して、もっと複雑な分子になった。

このような、初期の化学反応でできたものは、大洋の水に溶け、大洋の水は有機物のスープとなったのだよ。

そしてそのスープはしだいに複雑なものとなってゆき、ある日、自分自身と同じようなものを作りだせる分子が、まったく偶然《ぐうぜん》に出来あがった。それは、スープのなかのほかの分子の材料として、自分自身の粗《あら》い複製を作ることができたのだ。

シノハラ、これが、デオキシリボ核酸《かくさん》（DNA）のもっとも古い祖先であったのだよ。

このDNAこそは、地球の生物のかなめとなる分子であった。

それは、ハシゴのような形をしていて、らせん階段のようにねじれているのだ。

ハシゴの横棒は、四つの違った分子で出来ており、この四つの分子が、遺伝情報の四つの符号となっており、このハシゴの横棒は、ヌクレオチドと呼ばれており、生物が自分自身の複製を作るとき、遺伝的な指示を与える役目をしている。

シノハラ、地球上のすべての生物は、それぞれ違った指示書を持っているが、その指示書は、すべて同じ言葉で書かれており、生物が、それぞれ違っているのは、核酸の指示書がひとつひとつ違うからなのだよ》

「……そうなのですか！」

《四〇億年ほど前の地球は、分子たちの「エデンの園」であった。

そこには、まだ、分子を食べてしまうものはいなかったが、ある分子は、もたもたしながら材料を集め自分自身と同じものを生み出し、粗末な複製を残し、更に複製し、変化し、もっとも能率の悪いものが消滅し、そのような過程のなかで、すでに分子レベルでの進化がじつは始まっていたようだ。

年月が経つにつれて、分子たちは、複製を作るのがうまくなった。

そして、特別な働きをもつ分子が、いっしょに集まって、一種の分子の集合体を作ることもあったようだが、それがシノハラ、最初の細胞であったのだよ。

今日《こんにち》、植物の細胞は小さな分子の〝工場〟を持っている。

それは、葉緑体《ようりょくたい》と呼ばれており、光合成を担当しているのだが、それは、太陽の光と水と二酸化炭素（炭酸ガス）とから、炭水化物と酸素を作る。一滴の血液のなかにある細胞には、また違った種類の〝分子工場〟があるが、それは、ミトコンドリアで、食べものと酸素とをくっつけて、役に立つエネルギーを取り出す役目をはたしているのだ。

三〇億年ほど前までに、単細胞の植物が数多く結合し、それは、一つの細胞が分裂して二つになったとき、その二つが離れないような突然変異が起こったためにできたのだろうが、こうして、最初の多細胞生物ができあがったと考えられる。

シノハラ、君の体も、細胞たちの集団で出来ており、言わば一種の〝社会〟である。かつてはバラバラに分かれて暮らしていたのが、共通の利益のために結合して一体となったのだよ。

人体は、一〇〇兆ほどの細胞で出来ているが、私たちはみんな、一つの細胞集団だよ。そして「性」が発明されたのは、いまから二〇億年ほど前のことと思われる。

その性が発明されたため、二つの生物が、ＤＮＡの符号の本を、節ごと、ページごと、あるいは一冊の本まるごと交換することができるようになった。

その結果、新しい変種が作り出され、選択《せんたく》のふるいにかけられた。そして、性を行うものが選ばれ、性に関心を持たないものは絶滅したのだ。

絶滅しなかったのは、二〇億年前にもいた微生物だけで、人間も今日、明らかに、ＤＮＡの交換に貢献《こうけん》しつつあるのだ。

さて……シノハラ！

一〇億年ほど前になると、植物たちは、互いに力を合わせて働き、地球の環境を、驚くほど変えてしまい、緑の植物は酸素の分子を作り出すようになる。その頃には、大洋は緑の植物で満たされていたので、酸素は、地球の大気の主な成分となっていき、水素の多い元の大気は、あと戻りのできない変化を遂げていき、そして、生物との関係のない反応によって生命の材料が作られる……という、地球の歴史の一つの時代が終ったと言える。

地球の大気に含まれる窒素は、酸素よりもずっと化学的に不活性なガスであり、したがって、酸素よりもずっと害が少ないが、この窒素ガスも、生物が作り出し維持してきたものなのだよ。

つまり、地球の大気の九九パーセントは、生物が作ったものなのだ。

青空は、生物によって作られている。

生命が誕生してから今日までの四〇億年のあいだ、もっとも長期にわたって地球を支配した生物は、顕微鏡的な緑の〝藻《も》〟であった。それは、大洋を満たし、大洋を覆っていた。しかし、六億年ほど前に、藻の独占体制は破られ、新しい形の生物が誕生し、繁殖してものすごい数となったのだ。

この自然の大事件は〝カンブリア爆発〟と呼ばれている。

地球が出来た直後に生命は誕生しているが、このことは「地球のような惑星にとって、科学反応の避け得ない結果であるかもしれない」ということを示している。しかし、その後ほぼ三〇億年のあいだ生命は、青緑色の藻よりも先へは進化しなかったようだ。

このことは、分化した器官を持った大きな生物は、なかなか出来ないということ、それは生命の誕生よりもずっと難しいということを示しているのだ。

シノハラ……この宇宙のなかには、微生物はたくさんいるが、大きな獣はおらず、大きな植物も生えていない惑星が、数多く存在しており、一度も、生物が発生していない惑星だってかなり多くあるだろう！》

月のない夜のマノアに闇が群《むら》がっていた。

その闇のなかに、庭の土の匂いが仄《ほの》かに立ち込めていた。

ニョーゼと篠原の対話は、地球生命の誕生から、人間の誕生までの長い道のりへと、暗い夜更けのなかで淡々と語り続けられていた。

《大洋は、すぐに様々な形の生物で満たされ、五億年前には、三葉虫の大群が現れた。

それは大きな昆虫にちょっと似た形の美しい動物で、群れをなして海底をはい回り、それらは、目に結晶を蓄《たくわ》えていて偏光《へんこう》を感じることができた。

三葉虫は、いまはもう生き残ってはいない。

すでに、二億年前に絶滅してしまった。

今日ではすでに絶滅した動物や植物がかつては地球上で栄えていたし、昔はいなかった動物や植物が、シノハラ、いま地球上に存在しているが、これもやがては消えゆくだろう。

この地球の歴史の初期の頃には、硬い部分を持つ生物はほとんどいなかったようだ。

それは、硬い生物は、化石を残すものなのだが、この時代のものは発見されていないからだよ。


カンブリア爆発のあとには、息をのむほどのスピードで、新しい精巧な生物が次から次へと登場している。

種の速い交代によって、最初の脊椎《せきつい》動物が現れたのだ。かつては海のなかにしか存在しなかった植物が、陸地に進出し始めた。

やがて最初の昆虫も現れ、その子孫が陸地への移住の先駆者となった。

そして羽のある昆虫も現れ、同じ頃両生類も登場する。

また、肺魚のような生物が出現し、陸地でも、水中でも生きられるようになった。

それから、最初の木ができ、最初の爬虫類も誕生し、そしてまた、最初の鳥も出現して、恐竜は、最初の花が現れるちょっと前に絶滅をしていった。

それから、イルカやクジラの祖先にあたる動物が登場するが、同じ時期に、サルや類人猿や、人間の祖先にあたる霊長類が現れた。

今から一〇〇〇万年前よりは少し新しい時期に、人間によく似た最初の動物が登場するが、その動物は脳が驚くほど大きかった。

そして……わずか数百万年前に、ほんとうの人間が、初めて現れたのだよ、シノハラ！


最初の人間は、森のなかで成長した。

そのため、我々は、いまでも森に対して親近感を持っているのだ。

木は空に向かってまっすぐ伸び、なんと美しいことだろう。その葉は太陽の光を集めて光合成を行い、木々は周りの木よりも上へ出ようと、いつも競い合った。

気をつけてみると、二本の木が押し合いへし合いし、悠揚《ゆうよう》迫《せま》らぬ優雅さをもってそびえ立っているのが、しばしば見られた。

それは大きくて美しい自然の機械だった。

太陽の光をエネルギー源として、大地から水を、大気から二酸化炭素〈炭酸ガス〉を取り入れ、それらを炭水化物に変え、その炭水化物は木のために役立ち、人間のためにも役立っているのだ。

木は自分が作った炭水化物を、自分たちの活動のためのエネルギー源として利用する。

そして我々動物は、つまるところ植物に寄生しており、植物の炭水化物を盗んで、自分たちの活動のために役立てている。

我々は、植物を食べて、その炭水化物を酸素と化合させ、血液のなかに溶かし込む。

我々は好んで空気を呼吸し、炭水化物は酸素と化合し、それによって活動のためのエネルギーを得ているのだよ。

この過程で我々は、二酸化炭素を吐き出しそれを植物が利用して、さらに炭水化物を作っている……これはすばらしい共同作業だ。

植物と動物は、互いに相手が吐き出したものを吸っているが、動物の口と植物の気孔《きこう》の間で、気体はたがいに甦《よみがえ》るのだ。

それは、地球全体で起こっており、このすばらしい循環《じゅんかん》は、一億五〇〇〇万キロ離れた太陽のエネルギーによって維持されている。

シノハラ、地球上の生命の真の中核は、細胞の化学反応を制御しているタンパク質と、遺伝的な指示を伝える核酸とであるが、この二つの分子は、すべての動物や植物に共通で、本質的には同じだと我々は知っているが、カシの木も人間も、同じ物質で出来ているのだ。

もし、君が、自分の家系をずっと昔までさかのぼってゆけば、君の祖先とカシの木の祖先とは同じであることがわかるだろう。

シノハラ、生きた細胞のなかは一つの世界だよ！ それは、銀河や惑星などの世界と同じように複雑で美しい世界だ。

細胞の精巧なからくりは、四〇億年のあいだ、やっかいな進化を続けてきた結果出来あがったものだ。


人間がもし、何も変わらない惑星に住んでいたならば、しなければならないことは、ほとんど何もなかっただろうし、また考えなければならないこともなかっただろう。そこには科学の刺激となるようなものもなかっただろう。

もし人間が予測できない世界、つまり物事がでたらめに、きわめて複雑に変わる世界に住んでいたら、人間は物事について考えることができなかっただろう。この場合にも、科学のようなものは存在しないだろう。

だが、人間はその中間にあたる世界に住んでいる。ここでは、ものは変化するけれども、それは、一定の図式や法則に従っている。それを、人間は、自然の法則と呼ぶ。

太陽は西に沈んで、つぎの朝は必ず、東の方から昇ってくる。

したがって人間は、物事について考えることも、科学の研究をすることもできるし、科学によって暮らしを改善することもできる。また世界をよく理解することもできる。

獲物を捕《とら》えたり、火を燃やしたりすることができたが、それは人間がよく考えたからできるようになったのである。

かつては、テレビも、映画も、ラジオも、本もなかった。

人間が生きてきた歳月の大部分は、そういうもののない時代であった。

月のない夜には、たき火の燃え残りの彼方に星を見てきた。

夜空は、興味深いものである。そこには図形がある。

たとえば、北の空には、小さなクマに見える図形があり、そんな星座がある。

幾つかの文化圏の人間たちは、それを「こぐま座」と呼び、他の文化圏に属していた人たちは、それをまったく別の図形と見なしてもいた。

このような図形は、夜空に実際にあるわけではないし、人間自身が、そこに図形を当てはめたのである。

人間は狩猟《しゅりょう》民族であったので、狩り人や、イヌ、クマ、若い女性など、自分たちにとって興味のある夜空に見ていた。

ヨーロッパの水夫たちは、一七世紀になって初めて南の空を見たが、そのとき興味をもったものを天に描いた。巨嘴鳥《きょしちょう》や孔雀《くじゃく》、望遠鏡《ぼうえんきょう》、顕微鏡《けんびきょう》、羅針盤《らしんばん》、船尾などと……。

シノハラ、もし二〇世紀になって星座の名がつけられたとしたら、自動車や冷蔵庫や飛行機を、夜空に見ただろうと私は思う。

そのほか、ロックンロール星とか、たぶんキノコ雲とか、人間にとって希望と恐怖の対象となるものが、星たちの間に描かれたことだろう》

篠原は、師と仰ぐニョーゼが、長々とどうしてこのような話を続けているのかをじっと聴きながら考えていた。

地球という惑星に生命が誕生し、海から陸へと進み、木から地上へと進化して行ったかつての人類の歴史……そして社会を形成していった近代の人間になる過程……。

それは、新しい惑星の発見にどのような関《かか》わりがあるのであろうかと。

《シノハラ、少し話が変わるのだが、地球上の各国の国旗には奇妙な特徴がある。

アメリカの国旗には五〇の星があり、ロシアとイスラエルの国旗には一つずつ星があるし、ビルマには一四個、グレナダとベネズエラの国旗には七個、中国には五個、イラクは三個、アフリカのサントメ・プリンシペは二個の星がある。

また、日本、ウルグアイ、マラウイ、バングラデシュの国旗には太陽がある。

ブラジルの国旗には天球があり、オーストラリア、西サモア、ニュージーランド、パプアニューギニアの国旗には南十字星がある。

そして、ブータンの国旗には、地球のシンボルである竜が描かれている。

インド、韓国、モンゴル人民共和国の国旗には宇宙のシンボルが描かれている。

社会主義国の多くは、国旗に星を使い、イスラムの国の多くは、三日月を用いている。

このように世界の国々のうちほぼ半数が、国旗に天文学的なシンボルを使っているが、この現象は、文化や地域に関係なく、まったく世界的であり、宇宙的である。

しかもそれは、現代に限られたことでもないのだ……シノハラ。

西暦紀元前三〇〇〇年頃のシュメール人（イラク南部に西暦紀元前五〇〇〇年頃から住んでいた古代民族）たちの円筒型石印や、革命前の中国の道教従たちの旗にも、実は、星座が描かれているのだ。

どこの国も、天の太陽や星のように、力があり頼りになるものを国旗に映したいと望んでいたからであろう。

私はそう信じている……人類は、宇宙とのつながりを求め、壮大なものの仲間になりたいとの願望の表れなのだ。

シノハラ、間もなく明けの明星が、闇が群がる天空に輝き出る時間となったようだ。

今回の惑星の発見で、我々がグランドキャニオンに出現したあの日のことは、どうやらもう忘れられたようだ。

新しいものは必ず古くなるように、あの時に与えた人間たちへの衝撃も、様々な情報や天変地異《てんぺんちい》の、地象や天象も、時と共にあっけなく忘却《ぼうきゃく》の彼方《かなた》へ消えゆくものだ……。

惑星グリーゼの発見は、知的宇宙生命体の幕明けの嚆矢《こうし》となるだろう。

我々異星人の存在を、蛇蝎《だかつ》の如く忌《い》み嫌い嗤《あざわら》ってきた政治家たちや、文化人の習《なら》い性《しょう》に、再び、この惑星の発見に衝撃《しょうげき》が走ったようだ。

そうした状況のなかで、地球はいまだかつてない程の危機的状態にある。

新惑星の発見で、人類はより拡《ひろ》い宇宙観に目覚めなければならないことを自覚せねばならないだろう。

惑星グリーゼ581Gは、確かに地球よりもその誕生は早く、しかも、惑星としての歴史もかなり古く、明らかにすべてにおいて文明も発達しているが、私が今回君に様々な角度から地球生命の歴史や、人類の歴史を説明してきたように、他の大宇宙のなかで何億年、何十億年、何百億年と、宇宙の涯《は》てで生き続けている惑星群も、同じように生々世々《しょうじょうよよ》に渡って宇宙生命の理《ことわり》である生《しょう》、老《ろう》、病《びょう》、死《し》、の流転を繰り返しているのだ。

生老病死は、宇宙時代の焦点である。

宇宙の生老病死、人間の生老病死、そして過去、現在、未来の三世から視た生老病死。この生きとし生きるものの〝四苦〟という連続の生命から、宇宙の不思議が創造され、一つの新たな星が生まれ、宇宙の深い謎が生まれているのだ。

水の惑星と呼ばれる地球は、人為のとうてい及ばぬ美しい自然に満ちているが、惑星グリーゼ581Gも、それに近い。

シノハラ……人間は地球のこの美しい自然を支配しているのではなく、大いなる宇宙のなかのひとつの存在にすぎないのだ。

したがって、自然の摂理、宇宙の森羅万象に順って生きてゆけば、花や樹々、風や星空のように精神の善と、肉体の美とを、不調和なく得られるはずだよ。

遠く涯てしない宇宙で輝く星々も、グリーゼ惑星も、これまで広大無辺な大宇宙の生成流転のなかで、摩頂放踵《まちょうほうしょう》、すなわち生老病死との戦いのなかでエネルギーをすりへらして努力してきていることを、よく考えるべきであり、宇宙生命の流転はこうした摩頂放踵を繰り返し続けながら生成されてきているし、これからも無始無終に続くであろう。

この甚深無量《じんじんむりょう》で、広大深遠《こうだいじんのん》な時を刻みながら存在する宇宙……そのなかでの地球という惑星を、未曾有法《みぞうほう》なる宇宙の律動を持つ他の星々から見れば〝未来に羽ばたく鳳雛《ほうすう》〟に見えるかもしれないのだ……シノハラ》

「……地球は、未来に羽ばたく鳳雛《ほうすう》なのですか……！」

二

夜明けの冷たい風が戦《そよ》いでいた。

ニョーゼと篠原の師弟の対話は続き、久々の再会のなかで、宇宙と人間の探究に勤《いそ》しんでいた。

《シノハラ……やがて人間たちは、この広大無辺なる大宇宙への郷愁《きょうしゅう》というものを感じるときがやってくるだろう。

先程も話したが、はるか古《いにしえ》に、海に棲んでいた生物の歴史を振り返ると……天地を洗い流す雷雨、打ち続く地震と火山の噴火のなか、原始の海に最初の生命が誕生したのは、いまから三十数億年前のことだ。

以来、生命は単純なものから、より複雑なものへ、海から陸へと進化をした。

その記憶は……人類、つまり人間の体内に深く刻印されているんだよ。

母親の胎内にいる胎児が人間らしい形態になるのは、受精後、約三ヶ月目から始まりそれまでの間は、エラがあったり、シッポが出たりして、魚類、両生類、爬虫類と進化してきた一億年の歴史を、一週間に凝縮《ぎょうしゅく》して発達していくんだよ。

また、胎児は〝羊水《ようすい》〟と呼ばれる体液のなかで成長していくが、その成分は、地球の海水にきわめて近いのだ。

だから、人間は遠い深遠《じんえん》の昔に育った海という環境を母体に継承《けいしょう》している。

人間が海を見て不思議な安堵感《あんどかん》に包まれるのは、そこが人類の故郷《ふるさと》、つまり、母なる海だからなのだ。

また、夜空で輝く星々は、最初は水素やヘリウムといった軽い元素を燃やしながら輝いている。ところが、星はそれらの軽い元素を燃やし尽くすと大爆発を起こして、ものすごいパワーで重い元素を宇宙空間に放出する。

生物の身体を構成する元素の多くも、この爆発から誕生するのだ。

そして、何万年、何億年、何十億年と、気が遠くなるほどの長遠の年月をかけ、宇宙を旅した元素が、いま、人類を形作っている。

すなわち、人間が宇宙にロマンを感じるのは、母なる宇宙への限りない郷愁《きょうしゅう》からだと、私は思っている。

シノハラ……君がこうしていま、地球よりもはるか古《いにしえ》に誕生したナミール星人だった私と対話をしていることは、過去・現在・未来の三世の生命観から視ると、無限の時間を過ごし、無数の体感をしてきた過去の記憶を取り戻しているということなのだ。

それに、人間もその歴史も、宇宙との関係を離れて論じることはできないものだよ。

宇宙と人間は一体であり、地上の人間の歴史も、天空からの影響を深く受けている。

また、地球の生命の重要な属性はすべて、地球外からやってきている。

したがって、意識も知性も、また技術文明を発達させる能力も、同様に地球外から得られているのだ。

であるから、生命の誕生するすべての惑星は、地球が通ってきたのと同様の過程、つまり、知性と原子力の開発を含む高度技術能力とが、自然に現出するという過程を経ることであり、これは、絶えることのない自然界の法則といえるだろう。

ところで、シノハラ！　人間が全く情報を持っていない問題がある。

それは、高度技術や原子力文明が、どれほど長く存続をするかだ。

惑星上に生を受けた知的生命体が、平和を志向する哲学や宗教をもち、慈悲の精神に満たされた状態でなければ、高度科学技術文明の安定は望めないと、私は思っている。

知的生命体が、エゴとか傲慢《ごうまん》に支配されていたのでは〝核物質〟を悪用してしまい、永々と築き上げてきた自己の文明そのものを、根こそぎ破壊《はかい》してしまうからだ。

ともあれ、地球の現代人はあまりにも傲慢《ごうまん》で、自己中心的になってしまっているように私には思えてならない。

宇宙全体を離れて、自分たちだけで存在できるものと信じ込んでいるようだが、宇宙は決して人間のためにあるのではなく、自然界は人間だけのために存在することもなければ、人間が万物の究極でも、頂点でもないのだ。

ましてや、他の生物の運命……イヤ、地球自体の運命を好き勝手に変えることなど、絶対に許されないはずだよ》

「いまおっしゃっていることは当然です！

人間というものは、権威や権力、それに経済力、また、名声や地位や才能といった何かの力に頼っているうちは、なかなか謙虚《けんきょ》にはなれないものですね。

でも、何もかも全てを失ってから、はじめて〝聞く耳〟をもつことが多いようです。

これは人間として悲劇ですよね
ほとんどの人間が、自分自身の慢心で滅びていくことが余りにも多すぎるようです」

《そうだ、そうなる前に、裸の人間として、自分には何があり、何ができるのか……シノハラ、それを問いかけることが大切だ。

人間は歳月の経過とともにだんだん道徳的基準を失ってきており、さし迫った危険を感じてならないのだ。

道徳的価値観がなくなった人間の行為は、素朴《そぼく》かつ単純な捕食者でしかなかった原始的な人間に近づいていくんだよ。

ただ違う点といえば、人間は地球上の全生命を破壊させる十分な凶器、つまり、核兵器で武装した捕食者であるということだ。

したがって人間はもはや、これまでのような無神経な行為や倫理観をもたない極悪の略奪《りゃくだつ》者のような振る舞いを続けることは絶対に許されないだろう。

そうした無分別な生きものが、地球を破壊し、その他の生物をも破滅させることになるのだ。それに、地球上での核の時代は、まだ五十年ぐらいしか経っていないが、今後どれくらい続くかが重要な問題である。

もし、ひとつの原子力文明が、かりに、五千年続いた後に自滅をするとして、また、数十億個の恒星が、知的生命体の生息に十分適する惑星をともなっているとすれば、どの時点をとってみても、数千の文明があるにすぎないだろう。

しかし、仮に平和主義的な哲学が望みどおりにいつかは優位を占めるようになるとすれば……多くの文明が、数百万年は続くはずだと私は思う。

もしもそういう状態が実際に続いていると仮定した場合、シノハラ、何百万という数の知的文明が、現在、銀河系のなかに共存していることになるだろう。

然し、このことは仮定ではなく、現実に無限大の宇宙の奥深くに存在していることを、我々は、最近すでに発見しているのだ！》

「エッ‼　何ですって？　それは恐ろしい事実ですね……とてもボクには信じ難いことです」

《事実というより、これは真実なのだ、シノハラ！　この信じ難い存在を人間が知ったならば、それこそ、人類史の行路が劇的に変わるだろう。その結果としては、人間はようやく地球中心、自己中心の傲慢な態度を捨て去り、それに替えて、地球の生態系全体を、そして全宇宙を考慮に入れるという姿勢をとらざるを得なくなるはずだ》

《惑星グリーゼ581Gも、宇宙のなかの知的文明を持つ星である》……と、ニョーゼは語っていた。

宇宙の賛仰の師と仰ぐニョーゼの今回の数々の言葉に驚愕《きょうがく》しながら、身も心も、大我《たいが》の境に近い精神を感じていた。

地球上での世界はいま、大きな転換期にある。戦争と暴力の二十世紀に決別し、世界の不戦へと立ち向かってはいるが、現実には、地上のあちこちで地域紛争や、民族間の紛争、テロリストの横行、そして天象地象での災害が相つぎ、様々な危機をかかえた環境のなかで生きている。

だからして、人間のルネサンスを未来へと開く哲学を学び、自立心を磨き、いかなる困難にも対応できる強き自己を築きゆかない限り、真の幸福感を胸中にすることはできないと、ニョーゼは静かに説いていた。

二人の画面を通しての一見奇妙な対話は、くめども尽きぬ生命の思潮《しちょう》が、寄せくる波のように、心の深層《しんそう》にシンフォニーを奏《かな》で合っていた。

宇宙の背後にある、大いなる生命創造の力への、敬虔《けいけん》な心情が流れているような、師弟の静かな心の交流であった。

そしてまた、人間主義、人間愛に彩《いろど》られたうるわしい師弟の心の世界が、大宇宙のなかに響きわたっていくような対話が続けられていた。

宇宙の生命……。

果てしなく揺れる揺籃《ようらん》が、果てしなく万物の生老病死の振幅《しんぷく》を繰り返す生命を、小さな自己の宇宙観から、更に、広大なる宇宙観を見つめていく……それは、生命の踊躍《ゆやく》の二人の対話であった。

《シノハラ。君は以前に宇宙は哲学のようだと、たびたび、言っていたし、私もそのように説いてきたが！》

「ハイ。しかし、哲学という言葉そのものが、何かとても難しいイメージを与えるようですが……」

《そうかもしれないが、哲学のことをほかに例えて言えば、船の安定性を保つ船底の錘《なまり》のようなものだよ。

それがあれば、強風や荒波にも船体を安定させ、航海を全うすることができるのだ。

これがないと、船は荒波に容易に転覆《てんぷく》をしてしまうものだ。

人生や世界や、事物事象などの根源のあり方を示すのが哲学だが、もっとわかりやすく言えば、人生観とも言えるだろう。

その確たる人生観がなければ、うたかたの波頭に目を奪われて、真実というものを見失ってしまうことになる。

哲学がないために、波頭《はとう》のうたかたに紛動《ふんどう》されて、陰険《いんけん》で卑劣《ひれつ》な事象があまりにも人間界には多すぎるのだ。

利害のまえには節操がなく、魂も、信念も、平気で売りさばいていくようになってしまうのだよ》

「哲学は、慈悲とか同苦《どうく》していくとか、共生をしていくことだとも言えるのですね」

《うん、そのとおりだ、シノハラ。

それ故に、何事においても哲学心がなければ、透徹《とうてつ》した平和主義の視点というものが生まれてこないことになるのだよ。

道徳的気風……エートスこそが、真の哲学でもあり、社会に求められていることだよ。

だがしかし、哲学を語るだけではダメだ。

どのような大思想も、現実を逃避《とうひ》するならばそれは単なる夢想にすぎないだろう。社会の現実を避けたら、本来の命脈は枯死《こし》してしまうからだ。

だからシノハラ、地球という限りある環境のなかで、人間と自然が共に生き、支《ささ》え合いながら共々に繁栄をしていく……いわば共生のエートスが最も大切なことなのだよ》

「ハイ、よくわかりました」

《シノハラ、大宇宙の彼方から地球をながめた目……つまり天空のはるか彼方からの目で視ると、地球そのものが一個の生命体に視えるのだが、例えば、地球が生まれてから今日までを一日に縮めてみた場合を考えてみると、実に恐ろしくなる。

最初の一時間から一時間半で、空気・水・海が出来た……人類の誕生は最後の一分！

即ち二十三時五十九分のこと……この宇宙時間軸によると、この百年間はなんと五百分の一秒……しかし、このわずかな間に、人類は地球そのものを破滅の危機にまで追い込んだ。

地球の温暖化、オゾン層の破壊・酸性雨、どれを取っても、生きとし生けるものすべての生存に関わる問題群を創っているのだ》

「……そのとおりだと思います……」

《これは以前にも言ったと思うが、人間は大自然の一部であって、自然の支配者ではないはずだ。

　ましてや、生存にかかわるあらゆる問題群を引き起こし、さらには負の遺産、つまり核兵器まで持って死に急ごうとしている。

　無限の空間の永遠の沈黙を見せる宇宙生命を、わずかな天体の生きものが、狂わせてしまう愚行は絶対に許されるべきではない。

　太陽も、月も、地球も、人智では計り知れない不思議な律動があり、鼓動があり、また軌道があるが、それらの宇宙のリズムが狂いはじめると、地球の最期だって考えられることになってしまうのだよ、シノハラ。

　君も知っているように、太陽と地球の距離は、一億四九六〇万キロあるが……もし、この距離が近くても、遠くても、人類や生物が存在できないのだ。

　生命を維持するために最も重要な水が、凍りもせず、蒸発もしない距離はこれ以上になく、この近からず、遠からずが、生命を育む最適の条件となっている。

　このリズムが狂いはじめると、まず太陽が膨張をはじめ、近いところにある水星や金星が呑み込まれてしまい、そして太陽の表面では、いたるところで大爆発が起きるだろう。

　地球の表面は、ことごとく焼けただれてしまい、海水は沸騰《ふっとう》して、人類も、生物もすべてが焼け死んでしまう……》

「恐ろしい地獄になってしまうのですね」

《そうだ！　宇宙の生命空間が完全に破壊されてしまうのだ。

人間は自分の国さえ〝核〟で守られたら、などと浅い発想でいるようだが、とんでもないことで、そのような発想を持つ限り、核の問題は絶対になくならないだろう。

核を持てば実験をしたくなるだろう……また、核兵器も作りたくなるものだ！

人類は現在、毎日が火薬庫のなかで暮らしているようなものだ。

わずかな天体のなかで、小さな国を打ち負かしたところで何の益もないはずだろう。

シノハラ、〝核〟の問題は、たんに地球だけの問題ではなく、やがては宇宙の正確なリズムを狂わせてしまうことに必ずなるのだ。

このままでいくと、宇宙の生命空間では、一秒の何千億分の一かでも、地球の自転や、太陽への公転に狂いを起こす可能性が出て来てしまう！》

小宇宙

宇宙にはロマンがあり、永遠があり、広大なる生命の広がりがある。

そして宇宙には、その神秘を探ろうとする人間の基本的な衝動心がある。

宇宙を思うとき、人間の精神は無限に広がり、そこに、かけがえのない地球と人類への慈愛の念も誘発される。

人類が地球の歴史に思いをはせ、更に広大なる天空を見上げて生きれば、心のせまい争いの愚かさと、平和の大切さに気づくにちがいない。

荘厳なる永遠を仰いで進めば、小さなエゴの対立など、あまりにも空しいことである。

四十五億年にわたる地球の歴史のなかで、人類の歴史というものは、わずか九万年にすぎないことを忘れてはならないと思う。

このことを本当に理解ができたら、エゴイストはエゴイストのままでいられるだろうか。

数千億光年、あるいはもっと深い広がりをもつ途方もなく広大で、深遠《しんえん》な宇宙。

そのなかに存在する何十億、何百億もの恒星、生物の生息する膨大な数の惑星、宇宙に遍満する生命の基本的構成要素。

これらの事実に深く思いをめぐらすことは、すべて厳粛《げんしゅく》なる人間の教育的経験となるであろう。

ニョーゼが言っていた、人間の欲望の業火《ごうか》として燃えさかる自我《じが》意識。

人々の心臓に深く突き刺さっているエゴイズムという矢を抜きとる以外に、苦悩に満ちた人間世界の危機を転換する根源的な方途はない。

個人のエゴイズム、社会集団のもつエゴイズム、部族中心主義、人種差別、そして偏《へん》狭《きょう》なナショナリズム……各次元の集団に巣食うエゴイズムを克服しないかぎり、猜疑《さいぎ》心を生み、対立を招き、最後には戦争という事態にまでなってしまう。

それをなくすには、人間生命の内奥《ないおう》に展開するうちなる宇宙を探索することである。

そうすれば、後に出てくる人体の内容、宇宙根源の大生命にまで至り、宇宙大の生命は外なる宇宙を生み出す源泉となるだろう。

《今後における地球上での人間界の潮流《ちょうりゅう》が、暴力から非暴力へ、不信から信頼へ、力の対立から対話へと向かっていくように私は願う……》

ニョーゼは、宇宙のなかの星の雛《ひな》である地球という惑星に棲む篠原に、このようなメッセージを残して、宇宙へと還《かえ》っていった。

小宇宙……。

地球の大地には、金や銀や銅に、多くの鉱物、カリウム、カルシウム、とその他の元素が蔵《しま》われている。

また宇宙にある無数の原子・陽子・光子・電子・中間子などの素粒子、それに細菌《さいきん》などの微生物が、善悪の作用とか重力の法則、エネルギーの保存の法則など、その他あらゆる法則を持ち、一個の小宇宙である人間の身体にもほぼ同様に関係している。

ちなみに、人間の身体の面で表せば、頭が丸いのは〝天〟であり、両眼は〝太陽と月〟。両眼が閉じたり開いたりするのは〝昼と夜〟とを表している。

〝髪〟は、輝く星辰になぞらえて〝眉〟は、北斗七星に、そして〝息〟は風を意味し、〝鼻と口〟は、静かな呼吸を山沢渓谷のなかの風に、腹が常に温かい状態を〝春と夏〟

に、背が剛《かた》いのを〃秋と冬〃の四季になぞらえられる。また、四体を春夏秋冬の四時に捉えて、体の三つの大節の曲がるところの十二節を十二ヶ月に捉え、小さな節が三六五あるのを一年の三六五日に捉える。

血管を小河・大河になぞらえ、骨は石などに、皮や肉を大地に、体毛は森林にそれぞれなぞらえる。

そして内蔵の五臓……つまり心臓・肝臓・脾臓・肺臓・腎臓を、五星の水星・金星・火星・木星・土星になぞらえる。

頭が円《まどか》なのは天、足は地、身のうちの空間が虚空《こくう》……と、人間の目には見えない〃生命の糸〃が、地球はもちろんのこと、太陽や月や星辰《せいしん》を含めた全宇宙と我が身が、しっかりと結び合っている。

また大自然の四大《しだい》……地水火風が不調になれば、人間の身体も調和を乱すこと然《しか》りなのである。

地とは堅さを表し、地大は物を保存・保持する作用をする。人体で表すと、骨髪毛爪、または皮膚や筋肉を意味する。

水とは湿り気を表し、水大のエネルギーは物を摂め、集める作用をし、人体で言えば血液、体液などの液体成分となって表れる。

・火とは熱さを表し、火大は物を成熟《せいじゅく》させる作用をして、発熱と体温として表れる。
・風とは動きを表し、風大は物を増長させる作用をし、呼吸作用となって表れる。

このように小宇宙である人間は、全宇宙としっかり結ばれながら生き続けている。

また……たった一人の人間の身体には、地球二個分の血管が走り、畳一二〇畳分の腸壁が収《おさ》まっている。

その腸のなかには約三〇〇〇種、一〇〇兆個と言われる細胞が棲《す》みつき、善と悪の闘いが日々体内で繰り広げられている。

小宇宙である人間の身体を構成する細胞の一つ一つが無数の原子で出来ている。

肝臓には、約二五〇〇億の細胞がありそれが五〇〇〇以上の機能を持ち、肝細胞一つは、一分間に六〇万から一〇〇万のタンパク質を作っている。

心臓は、一日一〇万回も鼓動し、八トンの血液を全身に送り出し、それらが自在に動いて連携《れんけい》を取り合って、外敵と戦っている。

その様子はまさに、体内戦争のようである。

外なる宇宙が無限であるように、同じく、小宇宙である人間の生命もまた、境界線などはなく、外なる宇宙の運行と自らの内なる宇宙の世界という心の運行の合一、合体、であろうか。

人間の生命の実在というものは、あらゆる事象の一瞬のなかにあり、人間の生命の瞬間のなかに、自然や宇宙との絶妙なる関係があるが、地水火風や、波や草木などあらゆる森羅万象の法則にも、人間自身の生命を離れての存在などない。

まさに人間即、宇宙……宇宙即、人間である。

麻畝《まほ》の性《しょう》

〝蘭室の友に交《まじ》わりて、麻畝《まほ》の性《しょう》となる〟

香り高い蘭《らん》の花が咲き乱れる部室にいるとやがて、身体にまでその香りが染《し》みついてくる……また、徳の高い人格の優《すぐ》れた人と交わると、蓬《よもぎ》のように曲がった心が素直になりいつしか、自分の生命も順《まつろ》っていく。

そのように譬《たと》えられた言葉である。

篠原修の生命は、虚空《こくう》のなかでの生命の当詣《とうけい》道場ともいえる神秘なる空間で出会った老師ニョーゼとの深き縁《えにし》は、ニョーゼの人格と数多き言々句々と、崇高なる振る舞いに触れて、麻畝の性となっていた。

馥郁《ふくいく》たる薫《かお》りを放つニョーゼの神秘で崇高な人格に触れ、慈悲と道理に貫《つらぬ》かれた対話に生命が開かれ、それは〝夢の岬〟とも言える一遍の不思議な対話のドラマであった。

また彼は、これまでのニョーゼとの数々の出会いから、揺るぎない信念、未来への展望、温かな思いやり、豊かな智慧、そして使命への情熱と、そのすべてを容する徳の高い優《すぐ》れた異星人のニョーゼと交わって、麻畝《まほ》の性《しょう》となり、生命の扉を開いてきたのであった。

それは、師弟一体となって生命への畏敬《いけい》の念を、師と弟子の、生と死の宇宙生命のなかから感じとっていた。

大宇宙のなかを貫き、転《めぐ》り続ける生死《しょうじ》という不思議なる時空の妙が織りなす生命のドラマが、これまでに展開されてきた……。

また、人類が切望してやまない宇宙と生命を貫く永遠なるものを探求する道程において彼は、真実の三世を通しての師に出会ったのであった。

蓬《よもぎ》のように曲がった心……悪世・悪縁の多い現代社会のなかで、無上の歓びを生命のなかに感じとりながら、その報恩を深く生命の深層《しんそう》に刻み、はればれと踊躍《ゆやく》をしていた。

旭日が東天に勢いよく昇った。

夜明けに闇を破って暁《あかつき》の光が先駆け、天空を燦然《さんぜん》たる色に染めあげていた。

篠原は、その模様をマノアの自宅からじっと眺め、大宇宙の神秘さと、鼓動の確かさに感動していた。

悠遠《ゆうえん》なる宇宙の歴史と比べれば、わずかな時間の人生である。

広大無辺な宇宙に比べれば、あまりにも小さい自分である。

一日は短い……その一日一日を重ねて、万年の時が刻まれていく。

苦難に立ち向かった人間の日々の営為《えいい》が、幾年も積み重ねられて歴史となり、その歴史は次の新たな時代の流れを開いていく。

篠原は、早朝の東天を仰ぎ見ながら、一人静かに模索を続けていた。

人間の生命の実在とは何であろうか。

これをどう表現すればよいのか……それは内なる宇宙への模索であった。

万物は流転する。

生命は縁に触れて、ある時は出現し、ある時は潜在化しながら、流転を繰り返してゆく。

ニョーゼが説く生命尊厳の平和思想……そして、生老病死の生死観《しょうじかん》……！

生まれる苦しみ……老いる苦しみ……病む苦しみ……死ぬ苦しみ……。

この生老病死の四苦《しく》は、誰人たりとも避けては通れない現実なのである。

釈尊の求道の出発点も、この四苦の超克《ちょうこく》にあった。

〝この世は安穏《あんのん》ではない。

火に包まれた家のようである。

多くの苦悩が充満して、はなはだ恐るべき世界である。

常に生老病死の憂《うれ》いと患《わずら》いがある。

このような火は盛んに燃え上がり、止むことがない〟

現代世界の様相は、まさにこのとおりであるが、多くの学者や、物理学者、天文学者も、この人間の生死、宇宙の生死について、真摯に考察を深めはじめている。

生老病死は二十一世紀の最大の焦点ともいえるのであろうか！


午前八時の太陽が、生命力を満々とたたえて、ハワイの大地を照らしていた。

ハワイの初夏の風物詩であるレインボーシャワーの花の満開の季節が始まった。

街路に公園、ハイウェイやフリーウェイ沿《ぞ》いにこの花が咽《むせ》ぶようにあふれている。

樹の枝から三〇センチ程の枝蔓《えだづる》がぶら下がったブドウの房《ふさ》のように、一房に数十個の花が固まって咲き、クリーム、ピンク、オレンジと、濃淡《のうたん》とりどりの七色の花を付けたレインボーシャワーがオアフ島では目につく。

カラフルで、多彩な色を見せる清純な花ビラが、貿易風のなかに舞い散り、島中が花吹雪のなかに埋《う》まり、黄金色のゴールデンシャワーの花と共に彩《いろど》られていた。

散っても散っても咲き続けるところは、儚《はかな》くも潔《いさ》ぎよい桜の花とは違って、楽園のハワイの風情を力強く感じさせてくれる。

ココ・クレーター

ダイヤモンドヘッドの山と同じく、ココヘッドの死火山が、オアフ島の南東に位置する海岸沿いのサンディ・ビーチの後方にそびえ立っている。

およそ一万年前、噴火を続けていた山で、ワイキキから東方のハナウマ湾方向に車で走り、湾の入口を通過して下り坂に差しかかると正面に現れる大爆発で流れた熔岩のあとの大きなツメ跡が頂上から無数に下方に流れた線を引き、無気味に山肌をさらけだしていた。穏やかなダイヤモンドヘッドの山とは異なり、荒々しく異様な勇姿を見せつけている。

シーライフ・パークまでの海岸線の道路は曲がりくねった危険なアップ・ダウンの坂道が続き、左側はドス黒い熔岩石の壁が無防備のままムキ出し、右側は断崖絶壁の崖で、真下には紺碧《こんぺき》の海が広がり、遠く水平線上にはモロカイ島の姿が見える。

またこの海にはハワイの冬季に、アラスカ方面からザトウクジラがお産にやって来て、五月末頃まで親子のクジラが展望台から見られる。

海から打ち寄せる白波のしぶきがビーチ沿いの岩石に当たる光景は、車窓から眺めると絶景であり、オアフ島の海岸のなかでは最もダイナミックな景観を見せている。


坂道が終り、平地に出るとサンディビーチが右側に在り、左側のハワイカイ・ゴルフコースの手前を左折して進むと、左側に〝ココヘッド・クレーター・ボタニカル・ガーデン〟と表記された岩石の指標を曲がると奥まった緑の林が佇《たたず》んでいる。

ココヘッドのなかは全体が広大な植物園となっており、拡い火口《クレーター》には主に、乾燥地で生育する植物や、アメリカ本土の砂漠地帯に生育する多種多様なサボテン、そして、アフリカのサバンナで生育する数々の植物がある。

なかでも圧巻なのは、数百本もあるプルメリアの花園が圧巻で、入口から咲き乱れ、九種類もの多彩なプルメリアが集められており、夏のシーズンには花々の香りで周辺は一面に甘い匂いが充満して、観る人の心を癒《いや》してくれる。

ここは植物園というよりも、むしろハイキングコースであり、火口一周二マイルのトレイル、つまり三キロちょっとのコースには、急坂あり、丘あり、谷あり、茂みありの小径が迷うほどに続いている。

奥に進むほどにハワイの自然の原生の植物が繁り、アメリカの原生林や数々の奇妙な形をしたサボテンは観る人を驚かせている。

山《クレーター》の内壁の上部にも、数多くの大きなサボテンが点在しており、ドライパームセクションなどが加えられた自然保護地域に指定されている不思議な幻想さが感じられる。

ちなみに、ココヘッドのなかは〝地球のヘソ〟とも言われており、大昔、大爆発を起こしたときに出来た窪《くぼ》みで〝気〟が満ちており、パワースポットの幽幻《ゆうげん》な場所である。

終日、この植物園を入口の木下闇《こしたやみ》で一人でガードしている老白人の花守《はなも》りは、十時から四時まで古びた古木のベンチに座っているが、訪れる人の数はまばらであり、周りは風の音、小鳥のさえずり、そして木々の枝葉がすれる音しか聴こえない。

クレーターを囲むスリバチのような円形のココヘッドは、自然の防音壁を創り出しており、いたる所に在る木陰はヒンヤリとした涼しい風が吹きだまり、森林浴には最適な所でもあり、身も心も癒されるクレーターである。

五月も半ばを過ぎたある日の午後、篠原修と妻のエレナは、二人で初めてココヘッドのクレーターを訪れていた。

スニーカーを履き、帽子をかぶりサングラスをかけて、手作りの弁当持参で、人のいない閑散とした音のないクレーター内へ足を踏み入れた。まるで別世界に迷い込んだように二人は佇んで周辺を見回していた。

周り一面にプルメリアの花の甘い香りが漂っており、土の匂いと、落下した花ビラが醸《かも》す匂いに嵌《は》まって気持ちが昂《たか》ぶっていた。

「こんなに素晴らしいところなのに、どうしてこれまでに一度も来なかったのかしら……」

「ボクよりもエレナこそ地元の人間なのに、初めて来るなんて、灯台もと暗《くら》しだよな」

「言えてる……ボタニカル・ガーデンが在ることは知ってたけれど、こんなに広くて、しかもクレーターの地形をこれだけ利用して、野生の植物園にしているなんてね」

「しかし、こんなに静かで、入園者がほとんどいないなんて、考えられないよな」

「ミイが今まで見たこともない鮮《あざ》やかな深紅のプルメリアもスゴイわよ」

二人はデコボコの細い小径をのんびりと歩きながら野生のブーゲンビリアの花園の前で写真を撮ったり、見事な真紅色の花ビラを手に取って眺めたり、大輪の深紅のハイビスカスを撮ったりしながら先へと進んだ。

やがて当り一面にサボテンが簇生《そうせい》しているコーナーで足を止めた。

無気味に大木の全体にからみ巻きついているヘビのようなサボテンに驚き、背の高いサボテンが密生しているのを見上げながら、ここがハワイなのか、と違和感を覚えていた。

サボテンのコーナーをあとにして、巨きなドス黒い熔岩石がゴロゴロと横たわっている木陰で冷風に当りながら弁当を採った。

「久し振りのハイキングで、身も心も浮き浮きするわね。それにしても全く人がいないなんて何だか気味が悪いわ。

人が多すぎて騒がしいのもイヤだけど、なんだか南海の無人島にポツンといるみたい」

「うん、そんな感じもするな……ボクは以前からココヘッドのクレーターが気になっていたけど、やはり、思ってたとおりこのクレーターは磁気を発生している……。いま、ボクの全身にそれをとても強く感じてるよ！」

「え、そうなのオサム！　そう言えば下のサンディビーチでＵＦＯが飛んで来ると、必ずココヘッドの上空で静止していたわね」

「確かにそうだった……きっと、クレーター内で発生している強力な磁気をＵＦＯが何かに利用していたのかもしれないよ。エレナ！　今のこの瞬間に感じとっていることだけど、ボクの身体のエネルギーがここにいてかなりグレードアップしてくるのがわかるんだ」

「それは……バッテリーをチャージしているようなものなの、オサム？」

「そうだね。まるでスペースシャトルが発射され大空に飛び発つような高揚と、エネルギーの充実が感じられる……不思議なことだ」

「何だかここの場所と言うかクレーター全体がミステリーゾーンで、スピリチュアルなパワースポットなのね」

「うん……インターネットで紹介しているように、このクレーターは〝気〟で満ちていると言われる意味がわかったよ、エレナ」

再び二人は癒《いや》しのココ・クレーターのコースを歩きはじめた。

「エレナ、ハワイの花に詳しい君に聞きたいけど、コースのいたる所に赤い花を見かけるが、何の花？」

「アザミによく似た〝オヒア・レフア〟と呼ばれているんだけど、この花には伝説があるのよ。

火山の爆発から出る熔岩の固まったあと、とてもたくましく最初に生えてくるのが、このオヒア・レフアの花なのよ、オサム。

この花から、古代ハワイアンの火の女神である〝ペレ〟に捧げる花という伝説が生まれたそうよ。オヒア・レフアの花を摘《つ》む時にはペレの女神に祈りを捧《ささ》げる儀式が行われ、もしペレの許しを得ずに花を摘《つ》むと、ペレの流す涙で大雨になり、赤い花は茶色く変わってしまうと考えられていたそうよ。」

「ふうん……そんな伝説があったんだ！」

「ねえ、オサムはさっきから耳に手を当てているけど、どうかしたの？」

「……うん、耳痛がすごいんだ！　何だか電磁波に襲われているように感じるけど！」

途中で小径がなくなってしまい、方向感覚が失われてしまったが、二人は二時間半ほどの時間を使って、やっと元のプルメリアの花園に辿り着き、ココ・クレーターをあとにした。

幻日《げんじつ》

ココヘッドのクレーターを出た二人は、すぐ南側に広がるサンディビーチに向かった。

時間は四時を過ぎており、昼間のビーチパークは大勢の人たちがボディサーフィンを楽しんでいた。

二人は寄せる波に足を浸しながら、この場所で数えきれないほど、テレパシーを送ってＵＦＯと遭遇してきた過去のことを思い出し、なつかしく夢のほつれをたぐっていた。

水平線の彼方からリズミカルに押し寄せてくる白波を篠原は無言で視つめていた。

生命は壮大な宇宙の呼吸を絶え間なく成している。

永遠に終りもなき形成と消滅、そして誕生と死去……更に一日一日の出発と帰還の繰り返しである。

そんな想いに浸《ひた》っていたら、エレナが突然に奇声を発した。

「あれッ！　何なのあれは、ミイの目の錯覚《さっかく》かしら……太陽が右側と左側に二つ見えるわ！」

それは、幻日《げんじつ》の出現であった！

空中に浮かぶ氷晶《ひょうしょう》（小さな氷の結晶）による、気象光学の現象であった。

氷晶《ひょうしょう》が平たい六角板状で、六角形の面が水平に揃い、氷晶がプリズムの役目をするために、氷晶の一つの側面から入った太陽の光が入射して、一つの側面を挟《はさ》んだ別の側面から出る場合、この二つの面は六〇度の角を成しているために氷晶は頂角六〇度のプリズムとしてはたらく。

通常、幻日は太陽から約二二度離れた太陽と同じ高度の位置に見える。

また、雲のなかに六角板状の氷晶があり、風が弱い場合、これらの氷晶は落下の際の空気抵抗のために地面に対してほぼ水平に浮かぶが、この氷晶によって屈折された太陽光は、太陽から二二度離れた位置からやってくるように見えるものが最も強くなり、このようにして見えるのが幻日である。

幻日は太陽の横に明るく見えるスポットで太陽の右側だけや、左側だけのときもあり、左右両方に見えることもある。

幻日は太陽に近い側が赤色、太陽から遠い側が紫色となり、氷晶の屈折率は光の波長によって異なるため、幻日も虹のような色に分かれて見える。

サンディビーチの上空には、非常に明るい幻日が出現し、まさに〝幻の太陽〟が美しく神秘的に輝いていた。

「ゲンジツ！　まさに〝幻の太陽〟なのね！　こんな不思議な気象が現れるなんて、自然界の妙と言うのかしら、オサム？」

「そうだね、宇宙は絶えず変化し、永遠に鼓動して律動して止まない、限りなき不可思議な力を秘めているんだよ！」

不撓《ふとう》

ワイキキにあるコンベンション・センターで行われている国際天文学会のセミナーに、シーナ女史と共に参加している元宇宙飛行士で、ニューエイジ研究家のジム・クラーク氏が、篠原夫婦が住むマノアの家を訪れて、久し振りの再会を喜んでいた。


「いやあ！　久し振りの本場のハワイのコナコーヒーを味わえて幸せです、エレナさん」

「私もこのコーヒーにはすっかり嵌《はま》ってしまって中毒気味よ」

「もうサマーセミナーは終ったのでしょう？　ゆっくりしていってくださいね、お二人さん」

「クラークさん、惑星グリーゼの発見で、天文学の世界でも、ＮＡＳＡでも、かなりエキサイトしているようですが、どうなのでしょうか？」

「そうですな。今回の惑星グリーゼの発見で、いよいよ地球外生物に対して虚心坦懐《きょしんたんかい》に視つめなおしていくチャンスに恵まれたとも言えるでしょう」

「クラーク氏が言ったように、我々が地球外生物を研究できる時代が、いまこそやってきたのよ、オサム。

これまでの地球外生物の探査は、億単位っていう気が遠くなるような、遠い地球との距離のために、天文学界としては、どちらかと言えば、緩慢《かんまん》な探査を続けてきているけど、今回の場合は、何と言っても二〇光年と信じられないほど近い距離に存在しているから、天文学界の人たちも、ＮＡＳＡも、気持ちが戦《そよ》いでいるのは確かね」

「天文学は、科学者のともすると陥《おちい》りがちな自惚《うぬぼ》れを冷やす実験的な効用を持っていると私は思うが、私自身、哲学や社会学、あるいは歴史学に関しての学者としての修練を修《おさ》めてはいないが、天文学と宇宙探検の持つ、哲学的、歴史的意味を引き出すことに、もはや、政治家もいままでのようにいつまでも躊躇《ちゅうちょ》していてはならないと思いますな」

「我々がいま成しつつあります天文学的発見の数々は、人類史のなかでも最も広範囲なものであり、あらゆる空想的な宇宙人像の部分には、少なからず様々に反論が巻き起こってきたのは確かな事実なのよね……」

「シーナさん、それは知的に、より貧《まず》しい偏見を持った政治家の領域なのでしょうか?」

「そうね……言えてるわ、オサム」

「宇宙探検における個々の科学者の関心事は非常に個人的なものであることが多く、それぞれに疑問に思っていること、解明したいと思っていることと、それに刺激を受ける対象が違うからだと私は思うが……ミスターシノハラ。

まさか、そうした科学者の好奇心を満足させるために、政府が巨額な国費を支払うことなど、とてもできない。

けれども、そうした個々の科学者たちの専門的な興味について深く考察をすると、そこに、しばしば一般の関心事と共通するものを見出すことができると思うが、どうだろうか、ウインストン博士!」

「そうですね。そうした関心事の最も基本的な領域には、ものの見方があると思います。宇宙空間の探検は人間について、地球について、そして自分自身について、新しい光を当てることを可能にすると、私は思います、ミスター・クラーク」

「ここにいる四人は、小惑星の衝突回避に携《たずさ》わった言わば戦友だから、アメリカらしく気軽に名前を呼び合うことにしたいがどうかな?」

「クラークさん、今回の惑星の発見で、グリーゼは、地球に対してその存在を明らかにしました。また、先のパイオニア10号に託したメッセージで、地球人類はすでに宇宙に対して、その所在を同じく明らかにしました。

もちろんそれは、ひどく遅れた手探りの曖昧《あいまい》なやり方であったかもしれません。

でもしかし、それは声高らかに〝我、ここに在り〟と宣言をしました」

「そうよ、オサム。いまのこの瞬間にも、宇宙のあらゆる方角から地球に向かって、息を呑むばかりの宇宙的な知識の宝庫が、我々にも解読できる宇宙通信用語の解説入りで送られつつあるかもしれないわネ」

「シーナ……！　現代の我々は、ただ一つの言語しかないまるで絶海の孤島の言語学者のようなものだよ。

言語の一般理論を組み立てることはできるが、調べられる例がただの一種類しかないのだよ。そんなことでは、我々の言語に対する理解が、人類言語の成熟した科学の要求に応じる普遍性を持ち得るとは、とうてい思われない」

「そう言えば、はるか彼方の惑星から、地球外知的生命体らしき存在からのパルス信号が発信されているそうですが、それは今回発見されたグリーゼGからなのですか？」

「そうなのよ、オサム。パルス電波が発信されているのは、地球から二〇光年離れた太陽系型の天体にあるグリーゼ５８１Gからであることから、大きな注目を集めているのよ。このことは今回のサマーセミナーで取り上げられたのよ、ねえ、ジム！」

「私の個人的な意見だが、このグリーゼ５８１Ｇの知的生命体と交信するにしても、質問を投げかけて返信されてくるには、現在の地球の電波信号のレベルでは、四〇年後ということになり、高速の宇宙船でグリーゼに向かったとして、到着までは数百年はかかるだろう。

だが果して、現在の地球科学の技術で、そうしたメッセージの解読ができ得るだろうか……私はとても不可能に近いと思うが」

「ある学者はね、宇宙通信の内容について、会話がないとか様々に述べているけど、会話よりもそれはむしろ、文化的な〝独白《どくはく》〟みたいなものこそが、人類史では最もありふれた現象であることを指摘《してき》しているわ」

「クラークさん。異星人は、地球人とは別の価値体系を持ち、別の文化を持っていると、これまでニョーゼと接してきてボクは思うのですが。例えばですよ、人類の古代語のなかに、イースター島の絵文字のアク・アクや、マヤの古文書、それにクレタ島の多種多様な碑文などがありますが、それらは、現代になっても未だに解読されていないでしょう。

しかもこれらは、我々と同じ地球人類の言葉ですよね……」

「オサムが言っていることは確かに一理はあると思う。共通の生物学的本能を持ち、時間的には、数百年から二、三千年程しか隔たっていない言語なのに。

それなのに、我々よりはるかに進歩した、あるいは我々とは全く異なる生物学的原理に基づく文明が、我々が理解できるようなメッセージを送ってくるなどということが果してあり得るのだろうか？」


白熱した三人の会話のなかに、涼しい貿易風がリビングを走り、冷めているコーヒーをエレナは無言で入れ替えていた。


ここ数年、マノアの家にはほとんど来客はなく、夫のオサムはこれまでの人生体験での心に移りたるよしなし事々を、そこはかとなく手記に書き綴《つづ》る毎日を過ごし、エレナの翻《ほん》訳《やく》の仕事で得た収入で何とか生活を送ってきた。

ところが、惑星グリーゼの発見で、急に来客が訪れるようになった。

また、夫のオサムが宇宙の師と仰ぐニョーゼが、これまでとは違いＵＦＯに連れ出すことなく、コンピューターの画面に登場して、夫と対話をするようになった。

もうすでに五〇歳になっている篠原修は、自分自身をしっかり視つめるようになり、以前のように、地球のためとか、人類のためとかで、テレパシーを遣ってUFOとのコンタクトや交信をすることもすっかり途絶えており、今では閑寂な日々のなかに身を置いていた。

それに……あの時のグランドキャニオンでの度胆《どぎも》を抜かれた巨大な蜃気楼の出現と、UFOの大襲来……小惑星の地球への衝突回避の出来事は、今では遠い昔のSF小説のなかのわずかなページのなかの出来事のように、エレナは心中に思っていた。

「ボクは思うのですが、例えて言えば、古代ギリシャの文化的伝統は、人類の文明に深く根強い影響を与えましたが、これだって、時間的にまったくの一方通行だったと思われます。人類はギリシャ時代に、哲学者や賢人を送ったりはしていなかった。

ギリシャ時代が、知識や智慧を紙や羊皮紙やらの形で、現代の我々の時代まで送り付けてきたわけですよね。

それが現代のような電波という形を執《と》ろうと、原理的には何の違いもないはずだと思います。

また、宇宙通信の言語に変えることによって科学的、論理的、文化的な知識が得られることは、あるいは、地球文明の歴史における最も大きな出来事となるでしょうね」

「そうです。そこには我々がもはや、人間的という言葉では言い表せない情報があるはずです。なぜなら我々の交信相手は地球の人間ではないのだから！」

「私たち人間の宇宙や、私たち自身を見る目の非地域化現象も必ず起こると思うわ」

「一度、我々と宇宙の彼方の知的生物のあいだに横たわる違いの途方もない巨《おお》きさと深さを認識すれば、その相違そのものに基《もと》づいた新しい宇宙観が生まれてくるはずですな」

「ねえ、シーナさん、その宇宙からのメッセージって、暗号のようなものなの？」

「そうとも言えないのよ、エレナ。メッセージは送信側と受信側、双方の文明の共通性に基礎を置いたものとなると思うの……ジムはどう思う？」

「うーん、その共通性とは、話し言葉でも、文字でもなく、また遺伝形質のなかの、ごく普通な、本能的意志表現でもない、それはむしろ……知性ある生物が真の意味で共有し合うもの……難しいがそれは、周囲に拡がる宇宙と、科学と数学とを基礎にしたものではないだろうか」

プラス〈＋〉やマイナス〈－〉、それにイコール〈＝〉のような数学的概念がまず送信され、それからしだいに計画的にもっと複雑な概念の送信に移っていくだろう。

更にその計画では、絵を構成部分に分解した電波信号が送られて、再構成すると絵として理解できるという方法も含まれるかもしれない……。一九七二年三月に打ち上げられたあのパイオニア10号に載《の》せた絵も、そうした絵の一種として考えられたもので、電波信号として送られても、発達した宇宙文明には十分理解できると思われる。
同様に、同じようなメッセージが向こうからやって来ても、我々は理解できるはずだよ
シーナ」

二

宇宙からの電波信号がある日、地球の電波望遠鏡に突然迷い込んできて、目もくらむような大量の情報をもたらすかもしれない。

だが、そのメッセージを解読し、内容を理解し、与えられた指図を最大限の慎重さをもって我々自身に適応しようとするのには、おそらく、数十年、いや、場合によっては数世紀もかかるかもしれない。

「私は数回、宇宙飛行士として様々な体験を宇宙空間で体得してきているが、宇宙から

のメッセージが人類に与える文化的ショックは結局のところ、そう大きくはないと思う。

ショックの大半は、メッセージを受け取ったこと自体にあるだろう。

シノハラが師と仰ぐ、異星人ニョーゼからのメッセージを受け取った大統領は、あの日、巨きな恐懼《きょうく》を感じたことだろう。

話は変わるが、人類史に残るあの快挙であった月への人類の第一歩も、今では、少なくともアメリカでは、ごく月並みな事件で大した刺激的な出来事とは思われなくなってしまった。それに、あのグランドキャニオンの件も、小惑星の地球への衝突回避の件にしてもすでに、刺激的な出来事ではなくなっている。

そうしたことから見ても、地球外文明からのメッセージは、解読し、理解するのに、長い時間を要することからして、一般の人々にそれほど大きなショックを与えることはないと私は思うが、どうだろうか？」

「それにしてもジムさん……高度に発達した文明社会を持つ惑星が、グリーゼでなくとも、どうしてそうした情報を、地球のような発達の遅れた開発途上の文明に伝えようとするのかしら」

「エレナ……それは、善意のためだと思う。

彼ら自身も開発途上で、そうした宇宙からのメッセージに助けられて文明を築《きず》いてきたのかもしれない。そしてそうした行為を続けていくことを価値のある伝統としている……私はそのように理解をしたい。

異星人ニョーゼからのメッセージを、ここにいる者は良く理解しているはずだが、あのメッセージにも、急激な文化的衝撃《しょうげき》を与える内容は少なかったはずだよ。

だから最も基本的な慎重《しんちょう》さを我々が保っている限り、宇宙からのメッセージが何らかの危険をもたらすとは信じられない」

「ボクも同じ意見ですよ。そのメッセージには、人類に対して、自滅から身を守る方法が書かれてあるかもしれないと思います。

なぜかと言えば、ニョーゼも言ってましたが、科学技術文明の段階に達したばかりの社会は、しばしばその技術のために自滅することが有り得ると……。

実際、現在の地球上には、全人類を……男も女も、子供も老人も、何十回も殺せるだけの核兵器が存在しているのは事実です」

「まさしくそのとおりだよ、シノハラ!

発達した宇宙文明が、博愛精神からか、あるいは精神的刺戟になる話相手を温存しておきたいという利己的な理由からなのかはわからないが、ともかくとして、そうした不安な社会を鎮《しず》めるための情報をもたらしてくれるのかも、またその逆もあるかもしれないとも考えられる」

「何十億年も全く互いに関係なく進化してきた有機体とその社会のあいだに存在すると思われる歴史的な差異は、余りにも大きすぎると言えるわよね」

「しかし……星間交信の存在が宇宙文明の数を増やし、互いの生存を助け合うという、一種のフィードバック仮説は、無視できない近未来の可能性を持っていると言える」

「こうしたフィードバックプロセスが、自滅を避けるための何か特別な指示などなくても、違ったかたちではたらく場合だってあると私は思うわ。つまり、それは時間の尺度によって考えられるのではないかしら。

地球外知的生物の探索は、何十年も、あるいは何世紀もかかってその結果、かりに失敗したとしてもよ、それ自体が長期的プランニングの一つの有益な手本となるでしょう!」

「我々の答えに対する第二の返答を待つためには、人類史上、人間がまだ経験したことのない異常な長さの目的意識を持ち続けることが必要だと私は思う」

現在、人類が苦しんでいる生態学的な危機は、短期的な利益に目がくらんで、長期的展望を忘れたためにもたらされたものであり、宇宙文明と異星の彼らとの交流のタイム・スケールは、人類文明そのものの存続に絶対的に必要な長期的歴史感覚を我々人間のうちに培《つちか》ってくれる……と、この日は対話を括《くく》った。

三

惑星グリーゼの発見によって、その星に知的生命体が存在しているかもしれないとの報道があったため、天文学者も、科学者も、歴史学者も生物学者も、一様に、これまでのようにSFの世界的な見解が持たれていた。が、しかし今回の発見で太陽の光を浴びた氷塊が少しずつ熔《と》けていき水のなかで希釈《きしゃく》されていくような様相を呈《てい》しはじめていた。

天文学会が主催したサマーセミナーの帰りに立ち寄ったウインストン女史とクラーク氏と、それに篠原夫婦との対話は、マノアの微睡《まどろ》むような静寂《しじま》のなかで更に続いていた。

「そう言えばオサム……ニョーゼとのコンタクトはその後もずっと続いているの？」

「私も実はそのことでシノハラに聴きたくてお邪魔をさせてもらっているのだが」

「それが……お二人に聞いてもらいたいけど、以前のようにテレパシーを放ってＵＦＯ

に連れて行かれるようなことは今では全くなくなったのよ。ミイにとっては大変ありがたいことなんだけど。

それに、彼はあのハレアカラ山での死闘があった以後は、テレパシーでコンタクトを執《と》ることは一切なく、最近ではインターネットの画面にニョーゼが登場してくるようになって、深夜から夜明けにかけて、たびたび、画面でのニョーゼと話し合っているのよ」

「なにっ⁉　なによ、それは？　とても信じられないことだけど、どういうことなの、エレナ！

それにしても、どんな方法を使って画面に現れるのか、とても考えられないわ」

「……私も同感だが……彼らが持つ超文明の四次元世界の科学技術のなかの一つなのだろうが、我々には全く考えられないことだ」

「お二人に申し上げておきますが、ご存知のアメリカ沿岸部の地下から突然に消えた核物質の事件で、今も尚、ＣＩＡがボクを監視しているからです。

それにニョーゼは、エレナのことを気遣ってくれておりますし、ボク自身の肉体的エネルギーが最近弱まっていることも相まって、ニョーゼがこの方法を執《と》ってくれています」

「なるほど……。それだと確かに外部からは全くわからないわね。きっと特殊な電波信号を遣《つか》って周波数をコントロールしているのね」

「エレナも、そのニョーゼとネット会話をしましたか？　これは恐るべき現実《こと》だ」

「私は最初の一回だけを視たけどはじめはとても怖くて、まともに画面を観られなかったわ。でもその時、チベットの山奥に棲んでる老人みたいで、とても優しくて好々爺《こうこうや》って感じだった。

ただ不思議なのは、二人だけの会話になると、ニョーゼも、オサムもはじめの頃は、声《ボイス》の音がほとんどしなくて気味が悪かったわ」

それは、まるで闇がたりのなかでの語り合いのような不可思議な音声《おんじょう》であり、そばで見ていると、お互いが睨《にら》み合っているようにしか見えない光景であった。

「それはなんだか腹話術に似ているようにも思えるけど、そばにいて聴こえないなんて、初めて聞いたわ」

「エレナ……それこそがテレパシーの実体であり、二人が発する心波の交信と受け止められるが、いや、全く不思議なことだ」

篠原は二人の対話を黙して聴いていた。

「シノハラ！　これは当然なことだと思うが、惑星グリーゼの情報は得られたのかな？」

「私もそのことがとても気になっていたの」

「そうですね。その昔、ニョーゼが生まれ育ったナミール星ほどの超文明は持っていないようですが、地球に非常によく似た天体だと教えてくれました。

また、グリーゼ以外に超文明を備え持った惑星が無数に存在しているのを最近、ニョーゼたちは発見しているそうです。

先日の対話では、ずい分長時間に及ぶ話を聴かされました。地球という星の誕生から、生物が発生するまでの説明をし、更に人類が誕生するまでの歴史やそのプロセスを、延延《えんえん》と説明されましたが、それはきっと、グリーゼも同じプロセスを辿《たど》ってきていることを教えておきたかったのだと思います」

「そうだったの！　するとオサムが言っていた、地球人とは異なった価値体系と、別の文化を持っているってことなのかしらね」

「シノハラ……以前私がニューエイジ系の人たちのことを説明したが、彼らが異口同音に述べているのは、自分たちの本当の故郷は、はるか彼方の地球とかけ離れた遠いどこかの星であり、地球外世界での前世の記憶に加え、宇宙規模の任務を遂行するために、この地球に生まれ変わってきていると。まるでＳＦ小説のような言い方をしていたが、このことは、近い将来において何らかの原因結果をもたらしそうだが、異次元世界以上の世界のようだ！」

この地球という惑星に生きる全ての人間の行く手に待ち受けている、非常に厳しい時代がはじまりつつある。

地球上のあらゆる地域に襲いかかってくる大地震、津波、大洪水、大噴火、大旱魃、そして地質学上の変化や、社会構造や政治体制の崩壊、そしてまた地球の電磁波の逆転や磁極の移動等の大異変……。

「じつはそうした天象や地象、そして気象ともいうべき現象が、すでに地球上のあちこちで起こっているのは確かなことだと思うが」

「ジムがいま言っていることは、数年前に、この家で私たちは聴いてるけれど、あの時はそのニューエイジ族の人たちの考えていることが、ことごとくオサムに余りにも似かよっている、そう思ったくらいなんだから、エレナもそう感じていたはずよね」

「あの時、ジムさんの説明を聴いていてミイは鳥肌が立ったのを覚えているわ」

「ボクのことはともかくとして……特にアメリカでは、人間の存在の新たなサイクルとも言うべき、新人類の出現が速度を早めているように思えます。

この新人類のニューエイジ族とも言えます人たちは、心と脳、精神と物質、あるいは肉体と霊魂《れいこん》などと、捉《とら》え方としては様々でしょうが、いわゆるこのことは、内的宇宙と外的宇宙とのあいだに、とても深い密接な関係があると彼らは唱えているようです。大宇宙のなかでの高次元の惑星や、異次元の世界から〝魂〟だけが地球に移転してきている……そのような発言もしているようです。

このことは、科学の分野での問題ではなく、信念や信仰の領域の世界だとボクは思いますがどうでしょうか？」

「そうするとオサム！　つまりこのニューエイジ族の人たちは、肉体を持たない知性みたいなものが、いくらかトランス状態のなかにある人間に話しかける……あるいは囁きかける……つまり、次元間通信の一つの形態とみなされる様々な宇宙的情報を融合させている……とも受けとれる訳なの？」

「そうですね……これからの時代に新たな人間の存在を広める異質な哲学グループの擡《たい》頭《とう》とも言える解釈ができるかもしれません」

「だけどオサム！　そんな空想的で全く訳のわからない次元でのそうした発想なんて、世間の人たちにはとうてい理解なんてできないとミイは思うわ、不可知な倫理だから！」

「そうよね、エレナが言うとおりに現実社会の常識ではとても考え難いし、また、ナンセンスだし、それは形而上の問題だと思うのが普通よ。
例えばオサム、貴方のように特異な〝来し方〟であれば、超能力者として、インフィットマンの全体人間として、以前にジムが述べていたように確たる、
文証《もんしょう》＝文献上の論拠
理証《りしょう》＝普遍妥当性
現証《げんしょう》＝現実の証拠
等の三証《さんしょう》がきちんと示され、そしてそれが確実に現実化されている訳だけど、ニューエイジ系の人たちには、それなりの〝宇宙からの使者〟としての具体的な証明はないのだし、自分たちだけがそうだと思い込み、決めつけているのは、あまりにもＳＦ的な世界で、不可知で空想的な発想としか思えないわ」

ハワイの青い空、輝く碧《あお》い海、そしてそよぐ貿易風の心地良い風が、リビングを吹き抜け、樹々が謳《うた》っていた。

四人はコーヒーのお替りをしながら、対話が熱く続けられていた。

「私が対話をしてきたニューエイジ系の人たちは、そのほとんどが、ＵＦＯやエイリアンに遭遇をした体験を持っていたが、そうした人たちは、複数の人数で出遭ってるのは階《かい》無《む》と言えるほどであくまでも各個人が遭遇した後で何かの出会いのなかで、偶然に互いが体験を語り合い、それが必然的に拡まってきているようなんだ。そうしたＵＦＯとの未知との遭遇というものが、ある種の驚くべき精神的高揚に感応《かんのう》して、何かしら全く別の世界での、自身の前世を想い出しながら、神秘的な洞察と、異次元での現実というものを熱心に探究をしているのは事実だと思う」

「ねえ、ジム！　その人たちの精神が高揚《こうよう》する気持ちはわかるわ……私たちも、サンディビーチでＵＦＯと遭遇をしたのだから。

ＵＦＯに遭遇した後は、百人中、百人は必ず精神世界《スピリチュアル》な何かを求めるのは否《いな》めないと思う。私だって、ジムだって、そうだったのだからね。

だけどそれは、バランスのとれた知性を使った主観的な自己検証があったからだと、私は思うけど……どうなのかしら、ジム」

「そうだね、シーナ。彼らはまるで魂に組み込まれた内面のメカニズムが、ＵＦＯやＥＴ（地球外生命）に触発されて作動し、心の奥底に眠っていた記憶を呼び覚まして、自分たちの本当の故郷が、はるか彼方の地球とかけ離れたどこかの惑星だと思い出しているようだ、また、地球以外の世界での前世の記憶に加え、宇宙的規模の任務を遂行するために、この地球に生まれてきている……そのように彼らは押しなべて確信を持っているのだよ」

「じゃあ彼らは、具体的に、いつ、どこで、何を、どうしようと考えているのかしら。私がニューエイジ系の仲間だとしたら、まずジムに、オサムを紹介してもらって、絶対にオサムの言動を知り、学ぶべきだと思うわ」

「ミイがその人たちのことを考えてみると、UFOやETに出遭ったことで、何か特別な使命感を持たされているように感じているのかしら。あるいは宇宙人から洗礼でも受けているとか、洗脳《マインドコントロール》されて超能力を授《さず》けられているとか……。そのように一般の人間とは違った存在だと思っているのかもしれないわ。

そういった人たちが自然と集まって、必然性を確かめ合って地域別にグループを創りはじめて、いずれかは、UFO教団みたいなものを統一的に作り上げていくのかしらね」

「まあ、大小の違いはあっても、一つの組織には指導者的な代表者が必要なのだが、そうした組織のボス的存在者の人間性や人格が、悪くすると大きな危険性を生み出すのは洋の東西を問わず、これまでにもあったことを忘失はできないだろう……」

「日本にあった、オウムみたいなテロ集団も、初めは純粋に宇宙を見つめていたみたいにね……エレナが危惧《きぐ》するのも当然かもね」

「これは唐突《とうとつ》かもしれないが、ある実体〝ＥＴの魂《ソウル》〟がまったく突然に、選んだ相手の人物の体と心のなかに入り込み憑依《ひょうい》をすることだってあり得るかもしれないと私は思う。他の惑星の出身であるという自分の特殊性や、地球での特別な任務について、ありのままに理解し、認識する人は、ほとんどいないだろうけど、この種の詳細な情報を思い出すには明らかに、並外れた知性と超感覚的知覚が私は必要だと思う。

ニューエイジ系の人たちは、おおむね精神的な価値や、知識を超えた意識というものを、全世界に伝えるための触媒《しょくばい》として働きたいと願っているようだが、それはつまり、彼ら地球に棲《す》んでいる異邦人《ストレンジャー》たちは、我々人類を助けるために別の惑星からやってきていると言っているのだが……。

しかし、他の惑星や他の次元に属する魂《ソウル》が、何かの特別な目的のために地球人に生まれ変わる現象つまり憑依していることを、私個人としては否定も肯定もしないが、それを信じている人たちだけにあり得るのではなく、事実として我々の宇宙はそのように出来ているような気がしないでもない。今回の地球に類似《るいじ》したグリーゼ５８１Ｇの発見を考えた場合に、この感覚は強いと言えないだろうか……」

「いまジムさんがおっしゃっていることが、すでに現実化しはじめている。それは否《いな》めない人類史の流れなのかもしれませんね。

ニューエイジ系のなかで、このことに明確に気づいている人もいると思いますが、彼らはそれを他の一般の誰かに説明したり、あるいはその形而上学《けいじじょうがく》的意味をもって説明ができ得ないでいると思われます。それは不可知な問題でもあるから、しかし、惑星グリーゼの発見が今後、人類史を劇的に変えていくのは間違いないと、ボクは思いますが、どうでしょうかね」

昏《く》れなずむ空に、凛《りん》と立つマンゴーの大樹の辺りには、宵闇《よいやみ》が迫っていた。

ゲストの二人は、今回もマノアの白い家に泊まることになり、エレナが作った手料理の楽しいディナーを賑《にぎ》やかに満喫《まんきつ》していた。

耀《かがよ》い

夜の帳《とば》りがおり、十時を過ぎた頃、夜来の雨が乾いた土を潤《うるお》す匂いが庭に広がっていた。

篠原は書斎のコンピューターの前で、雨音をボンヤリと聴いていた。

すると急に画面が明るくなって、再び、賛仰《さんぎょう》の師であるニョーゼが登場して画面に現れ、彼は瞬時に師にまみえた。

そしてためらいながら、ニョーゼの許可を得て、急ぎ、ゲストの二人を招き入れた。

二人のゲストは、怪訝《けげん》そうな表情をして、エレナと共に入って来た。

そして、まるで禁忌《きんき》を踏《ふ》むような足どりで画面に近づき、ニョーゼを視た瞬間、動顚《どうてん》し怯《ひる》んでしまっていた。

それはまるで荒寥《こうりょう》たる未《ま》だ見ぬ幽明《ゆうめい》の世界に、まるで呪詛《じゅそ》された地獄の空に飛ぶ怪鳥のあの〝鵺《ぬえ》〟でも見るような、心中の昏さで恐懼し、惑乱し、馴致《じゅんち》された気持ちで身も心も頽《くずお》れそうな未知との不可知な遭遇であった。

《初めて、画面を通してお二人にお目にかかるが、私は宇宙の名をニョーゼと申します……さぞ愕かれたことでしょう。

ウインストン博士、そしてクラーク博士、シノハラ夫婦がお世話になっておりますことに感謝を申します。

常々に、いつの日か近い未来に私の姿を明確にしておきたいと願っておりましたが、未だ、地球上の衆上の機根が斉《ととの》ってはいないために、今と相なりました。

異なった文明のなかで、文化的背景を持って集まっている人々が建設された多様性豊かな大地が、合衆国のアメリカだと私は思っておりますし、また、大国アメリカの行動を見守っております。

自由で気取りのないアメリカ、開放性ある明るく朗らかなアメリカ……そして創造性が光るアメリカ。

私は貴国をそのように視てきました。

先年の過ぎ去ったグランドキャニオンでの出来事や、大統領へのメッセージ、そして小惑星の地球への衝突回避と、当時は地球の人々に与えた驚天動地の、我々とシノハラとの行動にきっと戦《おのの》かれたことでしょう。また、今回発見されております惑星グリーゼの出現、それに、新人類とも云えるニューエイジ系の擡頭《たいとう》に、心ある人々は何かしら、宇宙にあざむかれたかのように、その真実を恐る恐る窺《うかが》っているようです。


地球という惑星が二十一世紀を迎えましたとき、心ある哲学者や思想家のあいだで、ほど遠からぬ近未来に、人類が考えも及ばない異形の世のなかがやって来る……そのように思い立ったごく小数の人間がいたようです。

大宇宙の鼓動や律動、そして森羅万象のすべての理《ことわり》というものを、形而上《けいじ》的精神世界で捉え視つめようとしてきた従来の物質世界を追い求めてきた人間中心の欲望と傲慢《ごうまん》さによって、あらゆる事象が起きています。あらゆる地質学上の地震や津波、大雨に大洪水、火山の噴火に竜巻などの自然災害、そしてまた人間界における社会構造や政治体制の崩壊《ほうかい》など、これらが地球や人類の存続を危うくしてしまうことを彼らは危惧《きぐ》しており、現代ではすでにそのような兆候《ちょうこう》が地球上のあちこちで見られているようです。

また、思想や生命の乱れ、世界的な経済の不況も深刻なようです。

そして中東地域に見られる独裁政治の台頭と崩壊が止むことがないようです。

大変僭越《せんえつ》ではありますが……地球人類はいま生存を脅かす様々なる挑戦に、雄々しく応戦していかなければならない〝時〟を迎えているように見受けられます。

話は移りますが、オサム・シノハラのこれまでの行動と存在は、さまざまな捉え方があるようですが、我々、元ナミール星人と彼との出遭いは想えば久遠元初《くおんがんじょ》からの不可思議なものであったようです。

インフィニットマン……つまり、あらゆる可能性を秘めた異次元世界の全体人間と云う、宇宙からの使者であります。

それ故に、普通の地球の人間とは異なる特殊な能力は、アンタカラーナ、つまりは、潜在的神経という宇宙生命に脈打つ魂の持ち主だったものが、我々との出遭《であ》いで開花し、元来持ち備えていた宇宙をも包み込む能力は、彼が発する〝念波〟の波動で大宇宙に遍満する超極微小の粒子を駆使する実に希有《けう》な存在となってきております。特に我々との縁によって起きたこれまでの特殊人間的な言動と云うものは、彼自身が自ら考え行動してきているのではなく、大半が、大宇宙のなかの目には見えない次元の生命体〝魂〟から提示された運命を、臨機応変に活用してきた、或いはこれから益々に活用していく使命があるからなのです。

順《したが》って彼が、偉大なその使命を担って、地球上の人間に憑依《ひょうい》し、生を享《う》けている現実を、お二人やエレナにご理解をして頂きたいと、改めて願うものであります。

また、私との宇宙的な師弟関係の絆を通して彼は、大いなる知性を感得しておりますが、その知性とは、人間が人間としての最高の価値観を生みだし、平和と相互の有情を連結させるためにあります。

さて、近代文明発展の最大の推進力、駆動力となった地球の科学技術ですが、人類は欲望という名の車のアクセルによって、知能というエンジンを動かし、宗教というハンドルとブレーキによって安定した生活を求めてきているものと推察しております。

近代文明、とりわけ近代資本主義というシステムは、プロテスタンティズムの倫理というブレーキとハンドルが作動することによって、辛うじて欲望が制御され、安定した人間生活を保証してきたようです。

換言《かんげん》しますれば、何のための勤勉か、何のための努力なのか、また蓄財であるのか、と云った価値観からの問いかけが日常的になされて、それによって人間精神、人間生活のバランスが保たれてきたようです。

ハンドルやブレーキが機能不全に陥《おちい》ったらどうなるのか……心情のない享楽主義者の横行であり、また強欲資本主義として指弾《しだん》され、エゴと欲望や知能の独り歩きで、なかでもとりわけ知能、すなわち科学技術というエンジンの暴走は、放置しておけば、人類生存の命運にさえ関わることでしょう。また、科学的知見と真正面から向き合い、懐《ふところ》深く包み込みながら、人類を破滅させかねない先端技術の暴走を制御していくハンドル、ブレーキの役割を演じうる哲学・宗教パワーこそが要請されていると思われますが、それは、近代科学が依って立つ時間や空間の概念をも相対化し、包括《ほうかつ》しゆく、研ぎ澄まされたある種の感受性、哲学的、宗教的な直観であろうかと思われます。

〝神はサイコロを振らない〟をモットーに宗教的奇跡の類《たぐい》を峻拒《しゅんきょ》していたアインシュタインが、その晩年に強調していた「宇宙的宗教・宇宙的宗教感覚」といった、イメージから想起される純一にして調和のとれた、コスモス感覚の広がりであります。

ともあれ人類はこれまでに、自ら生み出した先端技術の奴隷となり果てたり、バブルやパニックに右往左往することなく、またリアリティー（現実）が、バーチャル・リアリティー（仮想現実）に侵食されることなく、暴走する近代科学文明の軌道修正を地球人類が図っていくことを

願っています》

閑寂なマノアの住宅街が頻闇《しきやみ》に閉ざされ夜更けの静寂が広がっていた。

シーナ女史もクラーク氏も、これまでにニョーゼのことは間接的にしか聴いていなかっただけに、いま、眼前にコンピューターの画面を通して見聴きをする現実の異星人ニョーゼの姿と、言葉の言々句々の内容に圧倒され、驚愕《きょうがく》していた。

そして淡々《たんたん》と地球社会の現実を語り続けているニョーゼにすっかり囲繞《いにょう》されていた。

また二人共、宇宙的思想、哲学を全身にまるでシャワーを浴びているように画面の前に釘付けになり、兢兢《きょうきょう》として立ち竦《すく》んでいた。


《今回の新惑星の発見で、地球外知的生命体を研究する新たな時代がいよいよ到来したようですが、今後、あらゆる空想的な宇宙人像の部分には少なからず様々な反論や異論が巻き起ることでしょう。

宇宙探査における個々の科学者の関心事は、非常に個人的なものであることもきっと多いと思われますが、それぞれに疑問に思っていることや、解明したいこと、あるいは刺激を受ける対象が違う場合もあり、そうした関心の最も基本的な領域は、ものの見方によると思われます。

宇宙空間の探究は、人類について、地球について、そして人間自身についての新しい光を当てることを可能にするでしょう》

嗄《か》れ潰《つぶ》れた重い声を発しながら語るニョーゼに、シーナ女史もクラーク氏も、尚も立ち竦《すく》んでじっと耳を傾けて聴き入っていた。

初めてのニョーゼの第一声には、何かしらまるで呪縛《じゅばく》にからめとられたように怯《ひる》んでいたが、徐々に生命的次元の何かに引き込まれていくような、過去も未来も今のこの一瞬にすべてが集約されているように歓じられて、食い入るような眼差しでニョーゼを視つめ、その感情はＳＦ映画のなかにいるようなひどく困惑した錯覚に引き込まれていた。

《ウインストン博士、貴女は女性として、物理学者として、聡明さと人間性のフットワークを備えておられる。私はそのように貴女を視ております。

これからは全地球人類的な視野で、女性の時代を迎えるように、世のなかが変化していくと私には思われます。

宇宙のなかの他の惑星では、宇宙の鼓動を、母なる生命と定義づけ、あらゆる分野で女性の存在は輝き、福音をもたらしておりますが、益々のご活躍を私は祈っております》

「ありがとうございます……！

あまりの恐懼と激しい高揚感で、言葉もございません……どうかお許しください！」


《さて……ウインストン博士！

恒星間空間のそのあまりにも広大無辺な拡がりのなかで、今後、地球人類が接触しようとする他の長遠な歴史を持ち、生き抜いてきた文明には、必ず一種の中立性や、温和さと云うべきものがあります。

また立場を逆にして……地球という惑星が他の異星文明を侵略《しんりゃく》するなどと云うことはまず、ありますまい！

異星文明は、地球からあまりにも遠く離れているために、現在の地球レベルのテクノロジーでは到底何もでき得ないのです。

しかし、やがては他の恒星で、グリーゼを含めて知的生物との接触のチャンスはあることでしょう。

そのとき地球人類は初めて、積年のタカ派的主義や、国家主義から、人間第一主義人道主義に至る、強硬論の重荷を脱ぎ捨てることができるかもしれません。

跋扈《ばっこ》を続けながらの人道主義は決して創造されることは不可能でありましょう。

異星の知的生物の探究は非常に長い時間を要すると思われますが、人類が人道主義的ヒューマニズムを実現してこそ、未知なる異星人との交流が可能となるでしょう》

いつしか夜来の雨がマノアから遠のき、樹々の葉に雨音が躍っていたのも消えて、雨に洗われた枝葉を風が優しく揺らし、滴《しずく》を落して、犬の遠吠えが幽《かす》かに流れていた。

《クラーク博士は宇宙飛行士として、永年、NASAに貢献されておられ、リタイヤ後は、ESP研究に携わり、超能力や超常現象の世界に目を向け近年においては、ニューエイジ系の人間に関して広く行動をなされておられる。

これからの人間社会においては様々なタイプの新人類とも云うべき特異な精神性を持った人間の出現に悩まされると思います。

混沌《こんとん》としたカオスの世のなかであるだけに、自身の前世のことや、他の惑星からの使者であると騙《かた》る人種が出てきているようですが、いずれそうしたことが不思議ではなくなる時代がやってくるでしょう。

当然のことながらそのことで大衆は、周章《しゅうしょう》狼狽《ろうばい》するでしょうが、後に触れます〝宇宙人・UFO〟等を含めて、そうしたことは、形而上の精神世界・不可知な懐疑的な本質を解く〝無記〟

であるが故に、なかなかに理解ができないのが本音でありましょう。

話は移りますが、アメリカという超大国が三〇年にわたり進めてきました〝シャトル計画〟が、アトランティスによる最後の任務を無事に果たして、地球に帰還をしたようですね。

一九六九年に、地球上の人類が初めて人間を月に送り込んで以来、常に世界のトップを走り続けてきたアメリカの有人宇宙開発が、後継機のないままに終わりを迎えることは経済大国の威信にも関わることでもあり、複雑感を否めないでしょう。

また、ロシアやチャイナの有人飛行開発が益々にその存在感を強く打ち出しているようですが、いずれアメリカは有人飛行の勢力図式が大きく変わったとしても、後継機の開発促進に全力を尽くすものと、私は見ております》

「……私もそのことを願っておりますが、このことに関して言いますれば、欧米とは別の新たな一極を形成するかもしれない、取りわけ注目すべき国は、チャイナです。

すでにチャイナは宇宙船〈神舟五号〉で、アメリカやロシアに続き独自の有人飛行に成功しております。

伸び続ける経済力を背景に、宇宙船のドッキング実験や、短期滞在型の実験室打ち上げや、常駐型の宇宙ステーションの建設着手とか、二〇二〇年頃までには様々な計画が目白押しとなっているようです。

それに、チャイナが自ら主導して宇宙利用の国際機関である〝アジア太平洋宇宙協力機構〟を設立し、イランやパキスタン、タイ、ペルーなどの国の取り組みに成功していまず」

《確かに現在のチャイナは驚くべき経済発展を続けているようですが、ただ、チャイナという国は軍事部門とのつながりがあまりにも強いために、予算や兵器や組織の把握が他国では難しいでしょう。

人類が描く宇宙開発の意義と名分は、あくまでも平和利用であって、決して軍事的目的であってはならないと私は思います。

軍事のための宇宙開発は、早晩、必ず地球という惑星の滅亡を招くでしょう。

以前、私が貴国の大統領にあてましたメッセージのなかで提言しましたように、人類のこれまでの歴史は、軍事的競争、政治的競争、そして経済的競争の時代から、新たにこれからは、人道的競争、すなわちソフトパワーの時代を築いていかねばならないでしょう。

核の保有と開発・地域紛争・テロリズムの横行・経済不況・地球温暖化・思想の乱れ、これらに挑戦し、応戦していかない限りは人類の未来は暗澹《あんたん》たるものになると思います。

夜も更けてきましたがお疲れではないでしょうか……。

水の惑星の地球上では二十一世紀の最初の一〇年が終わり、第二の一〇年が始まったようですが、振り返れば冷戦終結以降、世界経済を軸にしたグローバル化が進むにつれて、環境破壊や貧困などの地球的問題群への関心が高まり、国際的な対応を望む声があちこちの国で強まっているようです。

しかし二十一世紀に入り、アメリカでの同時多発テロ事件から近年の金融経済危機、世界各地に起きている自然災害にいたるまで、地球上に何回となく激震が走るなかで地球的問題群に取り組む動きは停滞どころか、ともすると後退すら懸念される事態が生じているように見受けられます。

我々、宇宙のなかの同胞としましては、人類の幸福と、水の惑星の美しい地球の存続を切に願い続けております。

しかし、人類はいま自らがなし遂げてきた近代文明の進歩の重圧というものに半《なか》ば打ちひしがれ、呻《うめ》いて、歔欷《きょき》しているようにも感じられます。

しかも人類の将来が、一にかかって、人類自身にあることがどうやら充分に自覚されてはいないのではないでしょうか。

ともあれ、人間は今後とも生き続ける意志があるのかどうか……それを確める責任は人間自身にあると私は思います。

また人間はただ生きていると云うだけで果たしてよいのか……それとも更に、神々を産み出す機関《マシーヌ》というべき宇宙本来の職分が成就《じょうじゅ》されるために必要な努力を惜しまぬ意志があるのかどうか、それを問うものはほかならぬ人間の責任であろうと、私は思います。

これまで過去にも、人間の自由と幸福の拡大のために貢献してきた世代があったことでしょうが、そのようなチャレンジを可能にしたのは人間の努力や忍耐と、話し合い、そして歴史の正道を歩んでいる……と云う強い喜びがあったことでしょう》

夜風が蕭々《しょうしょう》と鳴っていた。

仄暗い室内の薄明りのなかで、シーナ女史もクラーク氏も、初めて見《まみ》えた異星人ニョーゼの姿に、画面を通しながらもその言葉の内容に恐懼し、感情が昂《たかぶ》り、粉《まご》うかたなき現代の地球還境と、人間社会や、科学の世界への危殆《きたい》に瀕《ひん》する現実を的確に慮《おもんぱか》る世事の倫《みち》への警鐘《けいしょう》を、強烈に感じとっていた。

宇宙の真理

《お二人とは、今後再びこうした出遭いができるのかはわかりませんので、私の弟子のシノハラにさえ未《いま》だかつて知らせてはいない重要な宇宙の情報を説明しておきましょう。

地球人類は、次のような重要な情報に関しては全く知らないのです。

宇宙は二重構造をしており、多次元構造の世界である。

宇宙は目に見える世界と、目に見えない世界が同時に存在している。

つまり、目に見える物質世界と、目に見えない精神世界とがあり、目に見える世界は三次元の世界であり、目に見えない精神世界を多次元の世界という。

目に見えない多次元の宇宙は、現代地球科学の検知限界以下の、超極微小粒子からなる世界であり、粒子の大きさによってたくさんの〝次元〟に別れている。

その超極微粒子群のなかには、地球の科学者が〝宇宙の幽霊〟と呼び未だに発見されていないミッシング・マターが存在する。


また人間の人体の構造にも、宇宙と同じく目に見える生命体と、目に見えない不思議な世界が存在している。

人間は肉体だけの存在ではなく、肉体に、本体と云える〝本質生命体〟つまり、魂や霊魂と呼ばれる不思議な生命が宿っており、大多数の人間はこの人間の二重構造に関してほとんど気が付かず、低い精神性のなかで生き続けている。

人間の肉体が死によって滅びても、本質生命体の魂や生命というものは、死後も宇宙生命の流れのなかで生き続ける。


要するに、宇宙は二重構造をしており、多次元構造をしているように、人間も不思議なことに二重構造をしている。

異星人の世界の科学と違い、地球の科学文明が遅れているのは、宇宙の多次元構造に気付かず宇宙の物質世界のみを追研する物質科学になっているためで、地球文明が精神性の低い文明になっているのは、人間の二重構造に気付かず、浅い思想やエゴに満ちた生き方をしているためである。


人間の人体が小宇宙と呼ばれるように、人体は星から出来ている。

人体は細胞からできており、その細胞は六〇兆から七〇兆もあり、髪の毛も、皮膚もすべてが細胞であり、細胞は分子から原子、原子は素粒子から、素粒子は量子から出来ている。

人間の本質生命体は、最初は鉱物に、次に植物、動物を経て人間に宿っている。

これが現在の地球人類である。

現在の地球人が霊的に進化すると、地球人より更に進化した宇宙人に宿る。

更に霊的に向上すると、肉体に宿らない目に見えない本質生命体の魂となる》

エレナが温かいコーヒーを持ってきたのでそれまでに広がっていた緊張感が解かれた。

そして再びニョーゼの話が画面を通して続けられ、シーナ女史も、クラーク氏も、共に張りつめた気持ちで謹聴《きんちょう》をしはじめた。


《目に見えない世界の謎とは超常現象であるが、宇宙空間に流れている〝電波〟と、超能力を得た者が発する〝念波〟の波動のことを少々、説明しておきます。

なぜなら、霊とか魂とか、テレパシーが、超能力や波動の謎を解く鍵が〝念波〟であり、特にテレパシーとは、肉体の振動数《バイブレーション》、つまり周波数を変えられる能力と云える》

テンソル・ビーム（念波）は、四次元～七次元波と、どんどん周波数は高くなっていき、速度も次元が上がるほど速くなる！


《この念波は、電波よりも十五ケタも速い速度を持ち、光だと一〇年かかる十光年の距離も、念波の四次元波だと、一〇〇〇万分の一秒で到達してしまう。

この念波のことは、宇宙と人間の目に見えない世界の巨きな深い謎の超常現象である。この想像を絶するような神秘な念波のことを、異星の世界では〝神の波動〟と呼ぶ。

現代地球科学では、電磁波で最も高い周波数はガンマー線とか、宇宙線であって、これより高い周波数のものは現実に存在しない……したがって、どうやってこの念波を発生させ、受信するのかは、地球の科学レベルでは議論することすらできないだろう。これは、科学の領域を超越した超科学であると言える》

篠原も、シーナ女史も、クラーク氏も、頭のなかに共通のことを思い浮かべていた。

あの日……小惑星の地球への衝突軌道を逸《そ》らすことができ得たことが、謎の粒子のダークマター群以外に、あるいは同時進行で、この〝念波〟の波動が介在していたのでは？

その念波のエネルギーパワーが様々な超常現象を起こし、異星人たちが目に見えないテクノロジーを操《あやつ》っていた？

そうであれば、四次元波の念波、テンソル・ビームとは……磁性粒子物質であろうか！

いま、量子力学の世界で科学者たちが行き詰っている〝宇宙の影の世界〟と恐れられている謎の宇宙エネルギーの正体が、霧の向こうにかすんで浮かんでくるようで、三人は心中で戦慄《せんりつ》していた。


「先程ミスターニョーゼは、人体の二重構造の説明で、目には見えない本質生命体のことを述べられてましたが、それは人間の持つ魂や脳のエネルギーとも言えるのでしょうか？」


《そうです、クラーク博士。

人間の肉体の〝外〟にある、目には見えない四層構造の〝脳〟こそ、人間本来の能力を秘めている場所であり、その存在を絶対に知るべきでしょう。

肉体に最も近いエーテル体層。

神や宇宙に最も近いコザール体層。

アストラル体とメンタル体は、エーテル体層の外にあり、いわゆる第六感とか潜在意識といっている現象の大部分は、エーテル体に関するもので、普通の人間は、エーテル体と目に見える三つの脳との間に断絶があって、第六感の作用すらない状態です。

エーテル体と三つの脳の間には〝アンタカラーナ〟と呼ぶ潜在神経があり、これは生命の状態であり、煩悩や欲望や執着、それに怒りと心の持ち方を意味しており、アンタカラーナは、電子顕微鏡を使っても、目に見える存在ではないのです。

つまり、心の持ち方次第で、目に見える脳は、エーテル体につながり、さらにはアストラル体、メンタル体、コザール体へつながり、いわゆる超能力のパワーを身に付けることができる。

アストラル体とつながれば、脳波はアルファ、シータ状態となり、テレパシーや透視予知、予言等のESP〝超常現象〟が可能となり、メンタル体につながれば、直感とか、啓示とかいった現象が出てくる。

更にコザール体となると、もっともっと高いバイブレーションに感応し、宇宙人とのコンタクトが可能となる……。

宇宙人との交信というのは、こういった見えない脳があってこそ可能であり、その見えない脳と見える脳とをつなぐ、アンタカラーナを発達させているのが、オサム・シノハラと言えるでしょう。

アンタカラーナ……生命・魂・霊魂・目に見えない人間の持つエネルギーは目に見えない精神世界の部分で処理されていることを理解できれば〝念波〟が人間の魂の質だとか、霊格といったものに左右されることがわかるでしょう》

「それはつまり……慈悲や慈愛・智慧や知性や意志……とも言えるのでしょうか?」

シノハラが、静かな口調で尋ねていた。

「そうしますと……ミスターニョーゼ!

つまり、人間が深い瞑想《めいそう》や正しい生命力、あるいは正しい思想や哲学を持って、人格や生命の波動を強めると……そのエネルギーによって得られる超能力……アンタカラーナの働きで宇宙の諸現象から得られるレベルのパワーも当然違ってくるのかしら?」

《そうです。いずれは地球の宇宙科学は〝念波天文学〟の時代を迎えると思われるが宇宙からのメッセージというのは、つまりは念波天文学によって得られる情報であり人間の目には見えない脳や、潜在脳と大きく関《かか》わってくる……。

念波を利用した通信を、我々は念波通信と呼んでいるが、念波を使えば宇宙の我々からの情報が瞬時にして得られるが、その念波を受信できるマシンの開発にはかなりの時間を必要とするでしょう。

また、我々が発信する磁気放射線は、我々とテレパシー交信をする際に、受信者である人間の〝脳〟に直接作用します。

更に、受信者から発される念波の放射体をキャッチして、受信者の思考やその時の生命状態を細かくモニターします。

順って、ハワイのサンディビーチでのシノハラとの交信の際は、双方から念波のパワーを出し合っている訳です》

進歩した異星の文明世界は、四次元世界の電波天文学を用いて〝念波〟のエネルギーが様々な超常現象を起こし、目には見えない送信や受信によって操《あやつ》られている。

また、ある種のテレパシーは〝念波〟を駆使した念波通信で、大宇宙間での情報が瞬時のうちに得られているという。

《先程も申したとおり、念波は人間の〝脳〟に大きく関係していることを、シノハラも認識をしておくべきだ。

脳波とは全く別ものであり、脳波はせいぜい毎秒数回から、三〇回程度と、極端に周波数が低く、宇宙空間に放射される波ではなく、それに対して念波の周波数は極端に高くて現代の進歩した地球科学をもってしても、これを何かのマシーンで発生させたり、受信することも全く不可能だ。

シノハラが放っているテレパシーの実体は目に見えない恐ろしい程のパワーを持つ、四次元世界の念波通信なのだよ！》

二

《シノハラ……我々からのメッセージというものは、異星の文明間でいうところの〝念波通信〟であり、また、念波天文学によって得られる情報であり、目に見えない人間の〝脳や潜在する生命体〟と大きく関わっていることを再認識することだ。

我々が宇宙空間で遣《つか》っている波長の基となるのは磁気放射線であるが、受信者の君の生命体より発信される念波の放射体を我々がキャッチするとき、先程も言ったとおり、君の生命状態《アンタ・カラーナ》での一念心の強弱で、その波長、つまり周波数の波動も当然、異なってくる》

「そうしますとミスターニョーゼ！

高次元の波動のその念波が、さまざまな超常現象を起こし、目に見えない送信機や受信機によって操られている。また念波通信というのは、ある種高次元世界のテレパシーであり、そのテレパシーを発する人間その人が人格や慈悲心を備え、慈愛に満ちた精神や、意志と智慧や知性に基づけば、念波の波動を高められる……そして宇宙のあらゆる動きや情報が瞬時にして得られるなんて、私たち三次元の物質文明人には到底、理解ができ得ない。それは脅威《きょうい》であり驚愕《きょうがく》に堪えない四次元以上の世界としか言いようがありません！」

「私もシーナ女史と全く同じ気持ちですが、その念波は目に見えない精神世界での次元で行われているチャイナの〝気〟ですとか、あるいは日本で言われる〝神通力〟などの、超能力現象……と受け止められますが？」

《気であれ、神通力であれ、テレパシー能力であれ、そうした超能力というものは精神世界での次元であるが、それは、天と地を満たし宇宙を構成する基本とも考えられ、またその動きの現象と云えるでしょう。

万物が生ずる根本……生命の原動力を生み出す勢い……心の動きや状態・働きなどを包括的に表しています。

そして天象・地象・人象・現象といった人間意識を向上させるはずであり、超能力は本来、個人的レベルで視るのではなくあくまでも宇宙的スケールで視たり思考すべきであり、そうしたパワーは、人間生命から発する魂の巨きな〝波動〟と視るべきでしょう。

それはつまり、人間としての精神と肉体が完全に宇宙生命と境智《きょうち》冥合《みょうごう》をしたときに、初めて人間を超えた世界が拡がっていくものだと、私は提言したい》

「大変難解な高次元の念波のその実態が、私にはあまりにも哲学的に感じられ、宇宙と人間の肉体外に宿る精神世界……科学者としての私には、もう何よりも崇高な勉強となりました。生涯に亘って忘れ得ぬお話を聴かせて頂き、深く感謝を致します……」

《ご理解を得られて満足です。

さてこれから宇宙構造のなかでの見えない物質の件で、少々、話しておきたいと思います。

元々、モノが誕生した時には光の速度で動き回り、お互いにほとんど関わりを持たない〝粒子〟しかなかった我々の宇宙に、どうして現在のようにさまざまな物質があふれているのか……！

さまざまな重さを持った粒子たちは互いにくっつくことが、やがてできるようになり原子を創った。これが物質の始まりで、星や銀河や生物など、宇宙が〝モノ〟であふれるようになった。

つまり、質量を得た粒子がくっつき合い、陽子や中性子を作り、やがて原子をつくり数億年かけて星や銀河が生まれ、現在の宇宙につながっている。

〝神の粒子〟または〝神の礎〟と呼ばれ、地球科学の研究者らが四〇年以上の歳月をかけて探し求めてきている〝ヒッグス粒子〟が、もう間もなく地球上で発見されるだろう！

現在、人間の目に見える星などの物質は、宇宙の四％を構成しているにすぎないが、九十六％は、目に見えない正体不明の〝暗黒物質〟であり、残りは全く未解明のダークエネルギーである。

これは諸君たちがよく言っている〝宇宙の幽霊〟やミッシング・マターなのだが……今、申し上げた〝ヒッグス粒子〟の発見は遠からずして、未解明の正体不明は謎の粒子群の解明をするその糸口になるかもしれない！》

ニョーゼが明かす驚天動地の〝ヒッグス粒子〟の説明に、全員が驚愕し、我が耳を疑っていた。

「ミスターニョーゼ！　もしその〝ヒッグス粒子〟が発見されず、存在しなかった場合、素粒子は光速で飛び続けているので静止できないし、銀河や地球、人間も存在できず、先程のお話のように、今日のような多様な宇宙は生まれなかったことになる。そのヒッグス粒子は、物質や宇宙の成り立ちに極めて重大な意味を持っているのですね……全く、夢のようなことだわ！」

「この粒子の性質を詳しく調べれば、暗黒物質の有力候補とされる未知の素粒子《ダーク・マター》の手掛かりが得られる可能性は充分あり、同時に、目に見えない世界も解明されそうですな！」

《話は変わるが、科学の世界では二つの規則があるようだが、その一つは〝神聖で霊的〟な真理など一切ないと云い、仮説はすべて批判的に調べなければならないということ。

二つには、〝事実と矛盾する〟ものは、何であれ捨てられるか、改められるかされなければならないこと、そう科学者は言っているようだ！

科学者はあくまでも、目に見えないものは一切、認めようとはしないのが現代の地球科学の現状である。

目に見えない世界の深い謎……超常現象の世界、人間が持つ第六感とは〝閃《ひらめ》き〟の一つであるが、この閃きこそがある種目に見えない世界の研究に最も効果的な手掛かりとなるだろう。

いずれにせよ、〝宇宙は、地球人類のわずかな経験と、その経験に基づく浅い知識だけで理解ができるほど、小さな存在では決してないのだ〟》

三

マノアの深夜の白い家では緊張した時間が更に続いていた。

ニョーゼとの、物質世界の三次元を超越した精神世界、目に見えない世界の語らいは、地球次元を嘲《あざけ》り嗤《わら》うが如く、四次元世界へと延延《えんえん》と誘《いざな》っていった。

そして遂に人間が初めて耳にする宇宙の真相が、ヒッグス粒子に続いて、ニョーゼの口より明らかにされた。


《あなた方のことを諸君と呼びたい！

〝時と機根〟と云う言葉がある……。

相手が信じなく謗《そし》るのであれば、当分は、説かない、明さないという時もある。

どんなに謗《そし》られても、敢《あ》えて説かなければならないと云う時もある。

一部の機根の人々が信じても、それ以外の全ての機根の人々が謗《そし》るのであれば、説いてはならない時もある。

すべての機根の人々が異口同音に謗《そし》っても、敢《あ》えて説かなければならない時もある。

衆生の機根に基づいて、適切な時期が来なかったら説かない。

これまで私が諸君に述べてきたこと、そしてこれから宇宙のなかの実相に触れていくことは〝時の機根〟が、今回の諸君たちとの触れ合いで適切な時期がきたように思われるためで、あなた方が信じなく懐疑的な謗《そし》りではないことを私は確信して更に対話を続けたい。

地球人たちは、未だにＵＦＯとか、宇宙人と云えば、映画や小説の世界に登場する〝ＳＦの世界〟としか考えず、その存在や実相をほとんど信じない人が多いと思う。

どうして信じられないかと云えば、これまでの人間社会の通念上、地球の科学の世界が全く認めようとはしないから、またＳＦの映画や小説に出てくる不可知な存在を真に受けたり、空想化をしてきているのだ……。

宇宙人はおしなべて超能力を持っており、地球人よりはるかに進んだ文明社会を持ち、人間の常識を超越した四次元の存在であるが、このことは後程に触れるとしよう。

さて、地球人は宇宙人の存在を知りたいという気持ちよりも、その前に〝UFO〟の真相に強い好奇心をもって知りたいと……このことは一般の人々が願っているようだが、そのほとんどが憶測のなかでUFO像を描いているのが現実であろう！

第二次世界大戦の時代の頃から、アメリカで、旧ソ連で、あるいは南米の国々や、ヨーロッパの国々でも、UFOが地球上空に飛来してきているはずだ……。

一九四一年～四十五年。

世界大戦中に、フーファイター（幽霊戦闘機）と呼ばれるUFOが目撃される。

一九四七年六月二四日。

ケネス・アーノルドによる目撃事件。

同年七月二日。

ロズウェルUFO墜落事件。四人の宇宙人の死体を回収。

一九四七年九月二四日。

トルーマン大統領、国家最高機密機関、MJ―12を発足。

一九五二年七月十九・二六日。

ワシントン上空にてUFOの乱飛事件。

一九五二年十一月二〇日。

ジョージ・アダムスキーが金星の宇宙人と会見。

一九五四年二月二〇日。

アイゼンハワー大統領が太陽系の惑星の宇宙人と会見。

一九五七年三月十六日。

アイゼンハワー大統領、金星の宇宙人ヴァリアント・ソーと会見。金星人ヴァルは三年間ペンタゴン（米国防総省）内に滞在。

一九六一年九月十九日。

レスクル座のゼータ星人によるヒル夫妻アブダクション事件。

一九六二年三月二四日。

ケネディ大統領、太陽系惑星人と会見。

一九六四年四月二五日。

米政府、ホロマン空軍基地で邪悪な宇宙人と会見。密約を結ぶ。以後、二ヶ所の米軍基地の地下に秘密実験基地を作り共同研究を行う。

一九七八年。ＵＦＯ情報公開訴訟事件で米政府敗訴。隠蔽《いんぺい》情報の一部を公開。

地球人は、第二次世界大戦中に原子爆弾を開発し、一九四五年に、広島と長崎で爆発させた。地球における核の使用は、地球人にとってはもちろん、太陽系に住む惑星人にとっても大変危険なので、太陽系の宇宙人は、地球人に核の使用や保有を止めさせようと、第二次世界大戦後、ＵＦＯで盛んに地球に来るようになった。

そして彼らは、地球の政治形態を調べた結果、核を保有していて世界で影響力の最も大きいアメリカ政府に働きかけた。

・ＵＦＯが示威《じい》飛行して、アメリカ人を中心に多くの人にＵＦＯの存在を教える。

・ワシントン上空でＵＦＯが示威乱舞飛行を行い、アメリカ政府の首脳に文明のレベルの違いを見せつけた。

・太陽系の各惑星には、地球人と同じタイプの人間が住んでいるが、地球よりはるかに進んだ文明が存在することを伝えようとしていた。

・核の爆発は、近隣の惑星の住民にとっても悪い影響をおよぼすので、核実験を含む、原子力の開発を止めて欲しいと願っていた。

・太陽系の惑星のなかでは、地球だけが遅れた星になっているので、地球人に対してさまざまな啓蒙《けいもう》・援助をしたい。

先に述べたように、一九五四年二月二〇日、カリフォルニア州に在る空軍基地に、五機の宇宙飛行船が降り、太陽系惑星の宇宙人とアイゼンハワー大統領との会見が実現している。

翌一九五五年七月十八日、〝核実験を含む原子力開発〟の中止を強く訴えられたアイゼンハワー大統領は、ジュネーブで米・旧ソ連・英・仏の四大国巨頭会談を開いた。

この会談は、表向きは軍縮問題を話し合うために開催されたと報道されているが、しかし、本当はそうではなく、太陽系の他の惑星の住民からの核実験を含む原子力開発の中止要請に対する対策を協議するために開催された……》

深夜の不可思議はコンピューターの画面の対話から、階下のリビングルームの大きなテレビの画面の前に場所は移され、四人はソファーに座りながら更に続くニョーゼの言葉にクギ付になっていった。

《いままで述べてきたさまざまな理由から、ＵＦＯが地球上空に飛来し続けてきている訳を理解してもらいたい。

したがって、ＵＦＯが現れ地球人を脅《おど》かしているのではないことがおわかりであろう。

さて、そのＵＦＯの実態についてこれから話を進めていきたい。

ＵＦＯに関しては残念ながらその実体や真相については、四次元以上のハイテクノロジーを持っているので、地球人の意識や常識ではとても捉えきれない宇宙船である。そこにいるシノハラは、幾度となく我々の宇宙船にこれまでに乗ってきており、その宇宙船の種類を大きく分けて説明しようと思っているが、疲れてはいませんか？

・ミニ宇宙船……これは一〇メートル級。
・スカウトシップ……これは短い距離を飛行するが、ミニよりも大きく十人が乗る。
・ヴィクター・クラスになると、二〇〇人が乗れるが、この機は直系が九〇メートル、縁の高さが八メートルで、このヴィクターが一番多く地球に飛来しているが、母船と間違えられている。
云わば調査船的な役割を担っていて、地球上空で最も活動をしている宇宙船である。

この宇宙船から二〇〇〇キロ以内に蠢《うご》めいている人間の行動や言葉を選択して拾い上げ、常に記録を執っている。

またこの一機の宇宙船で、約四五〇人程度の地球人、そして、超能力を有してテレパシーを発せる人間を常に監視しており、オサム・シノハラとの出遭いもここからだ。この宇宙船から発見されたシノハラとの過去が、いまでは懐かしい思い出となっている……。
・マザーシップやスターシップは、数百キロメートルから、数千キロメートルもある超巨大型宇宙船であり、この機は、惑星間飛行に使用されているが、未だこの機は地球上空に飛来してはいない。
UFOの形としては、球形・円盤形・葉巻形・箱形などがあるが、この母船にはミニや小型機が収容されている。


我々の宇宙船、つまりUFOは、四次元以上の異星人の進化した肉体を持たない霊的生命体の物質……とも捉えられるが、諸君にとってはまさに驚天動地の心境で、全く理解に苦しむモノであろう。

地球人が考えもつかない異次元の波動のなかで、信じられないほど高度な素材を使って、有機的に素材を育てながら作成されている。

また進化した異星人は、超高度な科学技術、つまりハイテクノロジーを持っており、それはアンドロイド〝人造人間〟を創っていて、アンドロイドは、地球人とほぼ同じか、それ以上の知能を有しており、意識まで持っている超人造人間のロボットである。

順《したが》ってUFOは動かないアンドロイド……つまり〝意識を持った動かぬ人工生命体〟として創

られていることを、諸君たちは肝《きも》に銘《めい》じておくことだ。

地球上の車とか飛行機とは全く異なる、UFO自体が意識を持った生命体であるために、操縦者の意識を読み取って自動操縦をしており、地球の科学では全く理解すらでき得ない高度な意識を持った〝生きもの〟として創られているために、人間がUFOを単なる物質的な飛行物体として捉えるのは大間違いだと言っておこう。

であるから、UFOを物質世界の物体として見たら、それこそ気が狂ってしまう程にそれは危険極《きわ》まりないのだ。

あくまでも精神世界でのUFOとして捉えることが大事なのだが、それには、宇宙の目には見えない不可解で不可知な世界や、深い哲学や宇宙の生命論を学ばなければ理解に苦しむことになるはずである!


通常UFOは人間の眼には見えないが、見えるときは、操《あやつ》っている異星人が特定の人間に見せる目的で、肉眼で明確に見える範囲内の宇宙で〝可視化〟しているからであるが、レーダーで探知できなくする状態はいとも簡単にできる。宇宙船は物質ではあるが、意識を持った有機的な生命体として創られており、その飛行は、〝操縦者の意識によって、UFO自体の意識に働きかけている。〟可視化・不可視化は四次元の世界のものであり、現在の地球科学の知識レベルでは理解不可能である。

ＵＦＯの機体の周りには、自己防衛能力を装備しており、飛行中に隕石などがぶつかったりすると難なくはじき飛ばし、ミサイル攻撃を受けてもこれをはじき飛ばせる〝フォース・フィールド〟システムを備えており、このシステムは通常の宇宙船には必ず備わっている。

宇宙船の内部は、地球と同じように空気があり、地球上と同じように呼吸して生きられ、無重力状態では決してない。

また超高速度で飛行しても大きな重力がかかることもない。

それにさまざまな設備や装置が施されており、見えない形で、バスやトイレやキッチンが機能的に備え付けてある。


飛行中に地上の様子が手に取るように見られる〝拡大透視装置〟や、飛行中の現在地を表示する〝三次元地図〟や速度や高度は、光の点滅で表示されている。

ミニや小型の宇宙船をマザーシップに収容する際には、バイブレーションを変えて半透明状態にして、そのまま母船の機体に侵入して収容されるなど、三次元物質のカベを自由に擦《す》り抜ける技術を持っている。

四次元世界のパワーを縦横無尽に発揮しているＵＦＯは、振動数《バイブレーション》があまりにも高すぎて、通常は人間の目に見えないが、振動数を下げると人間の肉眼に見える存在となる。

またＵＦＯは、三次元の物質世界を超高速で飛行するが、異次元間の移動を行うことができ、異次元間では同じ空間に存在していても、お互いが見えない。

例えば、ＵＦＯが場所を動かずに振動数を変えて、物質世界から異次元界に次元間移動をすると、これまでに見えていた物質世界が見えなくなって、異次元世界が見えてくる状況が起こる。

一般に三次元に住む地球人にはＵＦＯは見えないが、ＵＦＯ自体の波動を地球次元の振動数にまで下げれば、三次元物質化をして普通の地球人の視覚でも捉《とら》えられる。

例えば、ＵＦＯの異星人が、シノハラのような特定の人間に姿を見せる目的の場合には可視化して、シノハラの傍《かたわ》らにいる人間にも見える。

また、シノハラと一緒にＵＦＯを視ている者のなかに、カメラとかケイタイ電話などでＵＦＯを撮ろうとしている者がいる場合、瞬時にして〝拡大透視装置〟で発見することが可能で、急《きゅう》遽《きょ》、一般の飛行機に見せ掛けた飛行をしたりする。

またＵＦＯは、宇宙エネルギーを取り込んでいるが、地球の各国にある原子力発電所の上空でエネルギーの充電や補給を時々する場合があるが、このことは、原子力発電からは宇宙エネルギーが強く放射されているからである。

そしてまた、地球で最も深い太平洋のマリアナ海溝の最深部の水深一万数千メートルの海溝でも水圧で押し潰されることなく潜ったりしている。

最後の説明となるが、UFOがどうしてパッと消えたり、ジグザグ飛行をしたり、じっと静止をしたりしているのか……。

或いは特定の人間にしかUFOが見えなかったりするのは、宇宙船のバイブレーションが激しいためである。

以上がUFOの実態であり真相であるが、その存在を過去から現代に到るまで一般の人々に知らせないようにするため、地球規模の徹底した隠蔽《いんぺい》工作が国家ぐるみで行われてきていることを、知っておくべきだ。

私が今回、こうしてUFOの真相を説明している理由は、まもなくそうした隠蔽《いんぺい》工作が通用しなくなる時が必ずやってくるからであり、地球に宇宙のなかの他の惑星人が進出してくることをいつまでも拒《こば》むことは最早できなくなっている。このことは、遠い昔の日本が〝鎖国《さこく》〟をしていた時代によく似ており、あの当時の〝黒船の出現〟のようなUFOの飛来は、現代地球文明そのものの大きな転換期に立っていることを自覚すべき時であるからだと、諸君たちには理解しても

らいたい》

四

マノアの夜明けは、まるでいつまでも頻闇《しきやみ》にそそのかされているように、明けの明星は天と地に光を放とうとはしていなかった。

《次に〝ET〟人間、つまり地球外知的生命である異星人……宇宙人と言ったほうが理解し易いだろうが、その実態について話を進めていこう。

進化したET人間は、太陽系惑星人が多く、彼らはほとんど地球人とその容貌《ようぼう》が同じであるため、地球の人間社会に混じって生活をしていても宇宙人とは気が付かれない。

彼らは人間社会で様々な職業に就き、地球人と一緒に生活をしながら、正しい生き方を教えたり、生命の尊厳性を訴える啓蒙《けいもう》活動をしている。

人間を含めた万物に対する生命の軽視・思想や教育の乱れによる物質至上主義がもたらしてい

る人的公害・自然界の崩壊《ほうかい》、民族間の紛争・宗教戦争・天象・地象・気象の異変・生命循環の停止……等が〝原因結果〟の宇宙の法則を乱し、水の惑星である地球生命の崩壊を祖止するため、少数だが彼らは地球に現れ、人々に訴え続けている。

また、地球のあらゆる所にコンタクトマンを置き、救済活動を展開している。それらの活動で最も大切なことは、地球人への、宇宙意識を開発することを旨《むね》としている。

意識が違うと調和がとれず、理解ができない問題が多く、必ず障害となる。

調和のとれない精神意識に、高度な宇宙の科学を与えることはできない。

地球の人間の一人一人が進化した精神意識を有し、慈悲心を持った理想社会の追求を願っている。

高次元の生命体や進化したET人間は、テレパシー能力が発達しており、地球人のなかでテレパシー能力を有する者を探し出し、その人間を通して、啓蒙・情報・警告などを、一般人に伝えさせている。

例えば……臨死体験などで、人間の魂が抜けようとしている時、地球外生命体の魂が憑依《ひょうい》して交替して宿り、以後、人間として普通に生活して活動する。

また、出産の時に、母親の胎内に入り、胎児の人体に憑依《ひょうい》し宿って生まれ、その後、本人も周りも誰も気付かず人間社会で生活したりしているケースもある。

また、他の惑星に住む異星人たちは、通信のすべてをテレパシーで行っており、時間差を超越した多次元の存在である。

宇宙におけるさまざまな構造を解明しており、応用している。

彼ら異星人の認識粒子は、一兆個以上もあり、粒子の融合、合成・組み合わせによるあらゆるエネルギーと物質を、自由に創造することができる。

そしてまた、霊粒子の認識もあり、浄化・浄霊が可能であり、自然界のさまざまな現象を、粒子の作用によって変えられる。

例えば……地震・津波・台風・大洪水・竜巻・大旱魃・火山の噴火などの気象の変化を創り出すこともできる。

彼らは五次元世界以上の物質世界や精神世界を有し、平均寿命は五〇〇年以上で、貨幣経済のない生活を送っている。

もう少し詳しく述べてみよう。

〈A〉彼らは地球の人間と同じ肉体を持っており、男女の区別があって、生植により子孫を殖やしている。

〈B〉霊性に目覚め、精神性が大変高く、宇宙の仕組みや人間の輪廻転生を知り、宇宙人としてのヒューマンな生き方をするとともに、宇宙の創造を敬い、霊性の高い生き方をしている。

〈C〉テレパシー能力が極めて高く、通常はテレパシーで会話をしており、ほぼ全ての者が超能力を持っている。

〈D〉テレポーテーション〝瞬間移動〟ができ、高次元の意識体とテレパシーでコミュニケーションを図っている。

〈E〉遠隔の透視や、予知・肉眼では見えない部分の透視ができる。

〈F〉自分の肉体を、地球人に見せられるようにしたり、前世を知ることができる。

〈G〉肉体の物質化と、非物質化を自由に行うことができる。

〈H〉宇宙人には様々な種類がいて、地球人と同じ人間や、表情、感情のないクローン人間、地球に対して友好的な宇宙人や、反対に邪悪な宇宙人もいる。

四次元世界の宇宙人も、地球人と同じ人間であり、その人間の構造は、地球人と同じで進化した宇宙人は、人間の構造に関する知識や人間の振動率を変えられる。

地球の人間は、ＤＮＡ分子を通して遺伝子によって作られる。肉体だけの存在ではないことは前にも述べたが、実は肉体の他に、〝触知できない組織要因〟がある。

　このことは振動の場と呼ばれるエネルギーのパターンであるが、その一つに〝エーテル体の場〟つまり〝和魂〟であるがこれは、原子・分子・細胞や器官の肉体を支配しており、このエーテル体の振動率を変えると肉体の分子構造と化学的性質が変化をするが、更にこの振動率を変えると、超能力が顕現することがある。

　要するに〝触知できない組織要因〟というものは本質生命体……日本語では御霊《みたま》とも呼ばれる霊魂のことであり、人間は肉体と本質生命体からなり、生命《いのち》の持ち方や心の置きどころ次第で、目に見える脳は、和魂のエーテル体につながり、更には幸魂のアストラル体、奇魂のメンタル体、そして荒魂のコザール体といった〝脳の四層体〟が超能力を引き出す。進化した宇宙人は備えているが、前にも述べたようにこの〝脳の四層構造〟というものは、エーテル体・アストラル体・メンタル体にコザール体と肉体の外へ順に広がっていき、外へ広がる程にそのバイブレーションが高度なものとなり、宇宙神に近いパワーを持ち、五次元以上の世界に到達をする……。順《したが》って、進化した宇宙人は四層構造になっている目に見えない〝脳〟、肉体の外にある〝脳〟こそが、諸君たち人間においても、人間の本当の超能力を秘めている場であり、この核心部に注目することが物質世界の三次元の物質至上主義から脳科学と精神科学の次元へと脱皮することであろう！

諸君は以上のことを私から聴いただけでは容易に宇宙人の実体を信じ、理解するのは難しいことだと思います。

二十一世紀もすでに第二の十年に入ったようだが、これからは高次元の生命体や、進化した宇宙人が地球にやって来て、オサム・シノハラのような超能力を持つ人間を〝媒介者〟として、様々な啓蒙・情報・警告などを一般の人々に伝えることとなるだろう》

シーナ女史も、クラーク氏も、異星人ニョーゼと未知との遭遇に、喜懼《きく》たる思いに駆られながら、ニョーゼが語り明かす一言一句を生命に刻み込むように端倪《たんげい》すべからず聴き入り、その内容に驚愕していた。

再び遭えることを願って、諸君の多幸を祈ります……と括《くく》って画面から消え去ったニョーゼの声音《こわね》の余韻がダイニングに残った。

而《し》し《こう》て

マノアの大地を初秋の風がかすめ、ブーゲンビリアの紅い花ビラが光に彩られていた。

ＮＡＳＡは、ケプラー宇宙望遠鏡を使って、太陽系以外で約一二〇〇個の惑星と見られる天体を発見したと発表していた。

うち六八個は地球と同じサイズ、五四個は生命に欠かせない液体の水が存在する可能性があるという。

これまでに地上の望遠鏡などで確認された太陽系外惑星の数は約五〇〇個で、液体の水が存在できるのはそのうち二個とされている。

今回の発見で最終的に確認されれば、地球外生命探しの対象が一気に増えるという。

研究グループは、二〇〇九年に白鳥座と、こと座の間がわずかに暗くなる現象を調べ、観測対象にしている十五万六〇〇〇個の恒星のうち、一二三五個が惑星を持つ可能性があることを突き止めた。

そのほとんどが地球より大きいが、六八個は地球とほぼ同じ大きさで、五四個は恒星からの距離が適度に離れているために、惑星表面に液体の水が存在する可能性がある。

大きさが地球とほぼ同じであっても、水も存在し得ない惑星候補は五個だという。


宇宙は不思議に満ちている。

一つ新たな事実が発見されると、それ以上に深い謎が増えていく。

これから先も増々、新しい星々が発見され、人類を驚嘆《きょうたん》させ夢を与えてくれるだろう。

惑星は太陽系のなかで運行する。

太陽系は銀河のなかで運行する。

人間の精神も、他者との交流のなかでこそ成長ができる……宇宙を知るほど、生命の尊厳に畏敬《いけい》の念が湧《わ》く。

エレナが、インターネットのサイトから、興味深いものを見つけたと、夫のオサムに告げていた。

現在アメリカのホワイトハウスの政府の元には、数多くの嘆願書《たんがんしょ》や署名が届けられているが、それはホワイトハウスが運営する国民の声を政府に直接届けることのできるウェブサイト「WE　THE　PEOPLE」のおかげである。

「WE　THE　PEOPLE」は、サイト上で、三〇日以内に、五〇〇〇人以上の署名を集めれば、その嘆願書は政府当局によって審査され、公式に回答をもらえるという開かれた場である。

現在ここで署名を集めている嘆願書が、非常に注目を集めている。

その嘆願書の内容は、なんと〝UFOと地球外生命体について、政府の機密事項を公開せよ〟というものである。

嘆願書のその内容は、主に二つの事象の実現を政府に求めるものである。

一つは、地球外生命体の存在を、政府が正式に認めること。

もう一つは、政府や軍などの各機関が持つこのことに関する機密情報をすべて公に発表すること。

現在、七五〇〇人を超える署名が集まっている。

問題の嘆願書を作成したのは、十五年ものあいだ、UFO問題について議員たちに陳《ちん》情《じょう》を続けてきたというスティーブン・バセットという人物であり、サイト上に、彼が嘆願書を提出してからわずか四日後に、署名五〇〇〇〇人分という〝ノルマ〟が、あっさりと達成されている。

この動きに対してホワイトハウスは、更なる署名数の増加を求めてきたという。

バセット氏が嘆願書を通すために新たに必要な署名数は、少なくとも二万五〇〇〇〇人分であり、政府が指定した日までにこの数を集めなければ嘆願書は受け付けてもらえないために、あと一万七千人分の署名を集めなければならない。

〝五〇〇〇〇はすぐに集まると確信していた〟と話すバセット氏は、今も自身のウェブサイトで署名を集めるため、各ソーシャルメディア、ユーザーや、ウェブマスターに大きく訴え続けている。

〝人には知る権利があり、真実と向き合う権利がある〟

そう記した彼の嘆願書には、何百人もの政府関係者による、地球外生命体との接触が確認されているということや、アメリカ人の半数が、地球外生命体の存在を信じているということもサイトに書かれている。

締め切りまでに署名は順調に集まっているそうで、常々、ＵＦＯや地球外生命体との接触が噂されてきたアメリカ政府だけに、この問題にどういった決着を付けるのかが見どころであり、もし、ノルマを達成したとしても、この件に関する政府からの声明を聞けるのはまだまだ先のことであろう。

果たして大統領が、この問題について語る日はやって来るのだろうか……！

メディアは、そう報じていた。


篠原夫婦はこのサイトを読みながら、同じ思いを共有していた。

惑星グリーゼの発見の報道から、今回のアメリカ政府への嘆願書の署名の件と言い、いよいよ、ＵＦＯやＥＴ人間に関する実態の究明に一般大衆の人々がその真実の究明に行動を起こしはじめた。

これまでのような、空想的な宇宙人やＵＦＯから一歩進んで、それらの未知なる宇宙像に対して、知る権利、真実と向き合う権利に立ち向かう時代が到来し始めている！


すでに地球を一望できる時代になった人類は、それにふさわしい内面の変革や成長、そしてまた深化を探求すべきである。

宇宙時代の幕明けは、人類がかつてない精神世界の成長を遂げ、地球文明という新たな舞台を創造しゆく好機でもあるだろう。

試みる

ニョーゼが先日、別れ際に言ってくれた四次元世界のテレポーテーション〝瞬間移動〟を、篠原修は初めて試みていた。

《シノハラ！　よくぞ来てくれた……君のインフィニットマンとしての能力は遂に、テレポーテーションという四次元人間としての最高の力用《りきゆう》を持つに至ったこの現象に、宇宙の師として最大の弟子である君を誇りに思っている。よくぞこれまで成長を成し遂げてくれた……君と私は、無限の宇宙生命のなかでこうした精神世界を創り出すために師弟の絆を結ぶことを久遠より約束されていたのだよ！

この精神世界を創り出すには、まず宇宙意識というものが根本となるが、それには生命自体に慈悲や、調和や、共生、精神性、霊性などが高度に備わっていなければならない。

また、宇宙意識が違ってくるとすべてに調和がとれず次元間の移動は不可能となるが、そうした精神世界に通じていく宇宙意識は、人間の目に見えない脳、つまり潜在脳と大きく関わっているが、この最も尊き宇宙意識と精神世界を創る行為は、シノハラ、どこから生まれるのかは君はすでにわかっているはずだ》

「ハイ……それは、知的生命体が持つ〝祈り〟なのでしょうか?」


《そうだ、シノハラ！ 祈りとは、いわば宇宙と自己との交流なのだよ。

祈りとは、大宇宙との対話であり、それは永遠なるものとの共鳴と言えるだろう。

地球の人類史を遡《さかのぼ》れば、古代人たちのあいだには宇宙それ自体を〝神〟として崇拝した。これは深遠なる宇宙人の畏敬《いけい》の念から、あるいは生きとし生けるものに恵みをもたらしてくれる森羅万象への感謝の念から生まれたと思う。

その祈るという行為のなかには、人間精神のいちばん奥深いところ、つまり、潜在脳を、最大に高揚《こうよう》させていく働きがあり、人間生命の最高の発動であるはずだ。それゆえに、祈る心がなければ宇宙との対話は決して発生しない！

順《したが》って、祈りによる永遠なるものとの共鳴、合一から、宇宙のリズムそのものを体現していくことであるが、シノハラ！　君はそれを見事に体現していると言えるだろう》

テレポーテーションで、マザーシップのイオラニ機内に到着した篠原は、その行為が四次元の世界の超能力からであることに大きな愕きを感じながら、眼下に見える地球の地表が見るともなしに目に映っていた。

地球という水の惑星の地表の七一パーセントが水に覆われていた。

陸地は、表面積のわずか二九パーセントにすぎなかった……。

しかもその陸地の大半は、砂漠、湿地帯・山岳地帯・火山帯、氷山、そして針葉樹林地帯であった……。

また地球上の陸地で、人間活動の影響を受けていない、手つかずの自然が残って見えるのは、ロシアのシベリア・アラスカ・カナダ、そしてブラジルのアマゾン、また、モンゴルやチベットの高地だけであった……。

篠原は、瞬間移動で四次元の世界のテレポーテーションを初めて試み、師のニョーゼと再会している喜びよりも、眼下に拡がる地球の地表の痩《や》せさらばえた実態の姿を視つめながら、心中でさまざまな感慨《かんがい》にふけっていたが、脳理には水の惑星の地球が、無限の闇の空間に、ポツンとわびしく浮かぶ小さな宇宙船に思えてならなかった。

四次元のテレポーテーションを実現しなくとも、人類はすでに地球を一望できるようにはなっているが、翻《ひるがえ》って現代の地球科学社会において、全人類的な地球文明への課題は多岐《たき》にわたって顕在《けんざい》している。

そのことをニョーゼは強く指摘していた。

《シノハラ。地球はすでに新しい人類意識の夜明けを迎えようとしているが、現実の地球が抱えている問題は、数限りなく多いだろう！

地球の温暖化現象に代表される様々な地球環境問題には、オゾン層の破壊、海洋汚染、砂漠化の進行、熱帯雨林の破壊、それに絶滅が危惧されている数々の生物種が増え続けていることをはじめ、原子力発電を含むエネルギー問題がある。

そして政治・社会・経済の問題、また核拡散、生物化学兵器の問題から、民族、人種間等の紛争の続発。そして更には貧困・飢餓・人権・差別、難民、グローバルなマモニズム（拝金主義）、強欲資本主義がもたらす格差問題や金融危機も挙げられるだろう。

そうした問題群を生み出す人間の精神性の危機、倫理性、道徳性の低下、暴力性、貪欲性と根源的エゴイズムの跋扈《ばっこ》があるのだ。
これらの諸問題は、地球環境問題を乗り越えつつ大自然との共生を図り、政治・社会・経済問題を乗り越えながら平和共存を可能にして、いま地球上で最も求められている〝人間精神の変革〟をしていくべきであろう。
そして、自然との共生や人類の平和共存を脅《おび》やかしてきた人間自身のエゴイズムや暴力性等の悪心をとどめ、利他心や慈悲力などの善心を強化しながら、新たに精神性の機軸を求め、倫理性の向上を目指さねば、人類意識は思うようには芽生えないだろう》
「そうした人間意識の向上をしていくには、人間自身の行動が、貪欲性や侵略性に支配されず、慈悲とか愛を基調としなければならないでしょうね」
《そうだよシノハラ。そうした現代物質文明に、人間の尊厳や生命の尊厳の思想を打ち立てゆく新しい精神文明の形成は、持続可能な地球文明の創出に不可欠となっていくと私は思っている》
漆黒《しっこく》の闇夜にあって、人々は光を探し求めている。
もっとも強く求められているのは、人類の意識の夜明けである。

人々は、永遠という源泉のなかに存在するものを、今、新たに世界のキャンバスに描き出すことを熱望している……ニョーゼは言った。

《人類は従来の世界観から脱するために、より成熟した〝宇宙的視座〟による宇宙哲学を打ち立てる時を迎えている。

現代の人間界での歯止めなき欲望の追求は、やがては、人類を滅亡に追い込んでしまうことになってしまうだろう。

だがしかし、人間は自らの生態系の一員として、それに支えられながらも積極的に環境に働きかけ、新たな環境を創造していくという智慧《ちえ》を有している。

一方、人間によって変えられていく環境もまた同時に、人間に作用を及ぼしていくという働きを持つが故に、たんに人類が生存し続けるためといった人間中心の価値観にとどまらないだろう。

而《しこう》して、それを超えて万物との共存、共生のなかにしか、正しき人間の進歩はなされないという言わば、地球的価値創造を呼びかけることも、シノハラ、私は大事だと思う！》

「そのことは、つまり、宇宙と我が生命は目に見えないけれど、根底においては一体である……と言えるのですね」

《そうだよ、シノハラ。森羅万象をつなぐその密接な関係性の綱というものは、目に見えない……しかしその見えないが厳然たる真実をありありと見出していく智慧が、これからの人類には必要とされていると言えるだろう。

現代の多くの人間たちは、宇宙や自然から分断され、他者からも孤立し、小さな自分の欲望やエゴイズムに振り回されて生きている者がなんと多いことか！

それではどうしても刹那《せつな》的・衝動《しょうどう》的・近視眼的な生き方となってしまい、本当の幸福や充実感など望むべきもないようだ。

自らの欲望に左右され、支配されるエゴイズムに囚《とら》われた〝小我《しょうが》〟ではなく、他者に開かれた森羅万象につながり、宇宙大の拡がりをもった〝大我《たいが》〟の生命に生きていくべきだと思う。そこに宇宙のリズム、宇宙の法則に則《のっと》った正しき生き方があるのだ。

その大宇宙の法則を説いている東洋仏法の宇宙観・生命観は人間に宇宙の一員としてまた宇宙そのものとして、宇宙のリズムに合致しながら流動し、創造し、生き抜くことを促《うなが》しているのだよ。

シノハラ……知性を持つ生命は、宇宙のさまざまな銀河や惑星に誕生し、そして滅んでいくのだが、この〝生と死〟が常に永遠に繰り返されているんだ！

例えて言うと、体毛は〝森林〟、息は〝風〟などと表現をしている。

〝眼〟は日月、〝髪〟は星辰、〝脈〟は江河、〝骨〟は玉石、〝皮膚〟は地上、〝毛〟は叢林、〝鼻〟の出入りは沢山渓谷のなかの風。

このように東洋の仏法は人間の身体、それ自体が生命尊厳の小宇宙であると表しているのだよ》

「よくわかりました。森羅万象の宇宙のリズムと、人間生命とのリズムが、これほどまでに密接につながっていることは、ボクもこれまでの体験で感知しております。

現在、地球上での自然災害が近年に見られなかった未曾有の被害をもたらしていますが、これは人間が持つ生命や精神の汚れからなる本能的なエゴイズムというものが、全く予期せぬ地震や津波や大洪水、それに大きな事故などと、宇宙というもののなかに何かしら目に見えない不可思議な影響を及ぼしていると思えます。

それらは、偶然の出来事では決してなく、必然的に何かが太陽に影響しそれが地球に……ひいては人間にまで影響を与えており、また深く結びついているようですね」

永遠の生命も、一瞬のなかに凝縮《ぎょうしゅく》されている……その一瞬のなかの一念といえども、永遠の拡がりをもっており、永遠の生命といえども一瞬の一念のなかに凝縮され存在している。

そして一切の因果《いんが》〝原因と結果〟が一瞬の一念のなかに備わっている。

ゆえに、久遠《くおん》での姿がそのままに、現在の姿に出現をしている。

ニョーゼは、篠原修が遠き久遠の昔に宇宙から地球にやって来て、数百年の時を経て、インフィニットマンとして出現し、やがては、不変不滅の篠原の生命が地球から宇宙へと・・・・・・帰還していくことをさりげなく説いていた。

「師に伺いますが、生死《しょうじ》という現象面だけを見れば、生命とは無常《むじょう》ですね」

《そうだよシノハラ！　生死《しょうじ》の苦しみ、無常の苦しみが、人間の一切の苦しみの根源だと言えるだろう。生も死も、永遠の宇宙生命の不思議な働きであり、本然のリズムなのだよ》

「そうしますと、宇宙の森羅万象のすべてが人間の生命を含めて、生死生死と転《めぐ》りいくことなのでしょうか……永遠の生命、無限の生命力、無限の智慧、そして無限の慈悲を具《そな》えて生きとし生けるものを支えている宇宙生命それ自体を理解しなければ、テレパシーも次元間のテレポーテーションもあり得ないですね」

三次元から四次元の宇宙生命のなかでの、ニョーゼと篠原の師弟の対話は、物質世界をはるかに超越した精神世界の次元のなかでの交流であった。
虚空《こくう》での異次元間生命の不可思議な対話は更に続けられていった。

二

ハワイの風は北風に変わり、マノアの上空の夜空には下弦《かげん》の月の雲居《くもい》から放たれた月影が、樹々に当たる朧《おぼろげ》を切り落としていた。

《さてシノハラ、今回君はテレポーテーション〝瞬間移動・異次元移動〟をする、四次元世界の超能力を身につけたわけだが、もうすっかりこれまでの三次元の物質世界の境遇から更なる新たな境涯の全体人間としての資質を見せてくれて、私はいま感慨無量《かんがいむりょう》な気持ちで君をしっかりと視つめている。

我々の世界でこの異次元間移動をする場合には、宇宙船に乗って行うが、君の場合は宇宙船には乗らずに、自分自身を任意の場所から任意の場所へと、自由に意識体を動かして、瞬間移動をする試みに成功している。

考えてみれば、君は長いあいだテレパシーを用いて〝念波〟を生み出し、これまでに我々の宇宙船を操《あやつ》ることができているのだから、その〝念波〟の実態を解明し、活用して高次元の世界へ行き来することができ得る訳だ。テレポーテーションも、別に驚くべきことではあるまい。

もうすでに君は、地球の人間よりもはるかに進化した精神意識を有し、地球上での科学技術では全く知られていない〝波長の磁気放射〟が宇宙船から放たれ、君はそれをキャッチしているのであるから、おおむね、異星人と同じく特殊能力を得ているはずだ。

また何度も言ってきたが、宇宙に遍満《へんまん》している目に見えない超極微小粒子からなる世界は、ヒッグス粒子を含め他にもたくさんの謎の粒子をもとにした〝次元〟に分かれているが、この多次元世界の謎解きの一つが、この微粒子群である。四次元世界での認識粒子は一兆個以上もあり、粒子の融合、合成、組み合わせによって生じるあらゆる宇宙エネルギーと物質を自由に創造することが、やがては君にもできるであろう。

例えば粒子作用によって、自然現象すら変えられるのだよ、シノハラ！

地震、津波、台風、大雨、竜巻、火山、大旱魃や通常の気候等々にも変化を与えられるのだ。

少し難しくなるがこの際だから説明をしておこう。

シノハラ、地球外知的生命体の異星人は、霊的にもかなり進化を遂げているために、肉体の振動数が上がり、細胞の原子を構成する中性子・陽子・電子の振動数が上がり、人間の肉眼の可視波長領域から外れて、普通の人間には見えなくなる……。

可視とは、目に見えること。

可視宇宙とは、肉眼で見える範囲内での宇宙である。

可視光線とは、肉眼で見える普通の光線。

すなわち肉体の振動数が上がることとは、つまり、中性子や陽子や電子の振動数が上がることであり、真空に回転する超極微小粒子の宇宙のエネルギーである〝ヒッグス粒子〟も含まれている。この宇宙エネルギーの回転速度が上がる結果として、振動数が上がるので、その結果、可視波長領域から外れテレポーテーションすることも可能となるのだよ》

篠原は、師のニョーゼが説く次元間移動や瞬間移動という不可解で不可思議な四次元世界の事象を、じっと黙して考え続けていた。

〝従藍而青《じゅうらんにしょう》〟という天台の止観《しかん》にある言葉を生命のなかで想い出していた。

青は藍《あい》よりいでて藍《あい》より青し……と読む。

一般的には、青色は藍より作られるが、その色を重ねれば元の藍色よりもずっと濃くなる……このことから師匠以上に弟子が立派に成長していかねばならぬとの譬《たと》えである。

宇宙の賛仰《さんぎょう》の師は、篠原が弟子としての立場で思うには、これまでに地球の人間としての凡夫《ぼんぷ》の篠原に、三次元の物質世界から、無限の可能性を与えてくれた。

常々にニョーゼが言ってきた〝安っぽい超能力者〟に絶対なってはいけない……と。

何年も、何年もの時間をかけて、地球文明の新しい人間像は、宇宙哲学の実践者であり、行動者である……とも！

人間として、宇宙生命と心と体の境智冥合ができ得たとき、そこに初めて人間を超えた、新しい精神世界の宇宙を手にし、そして拡がっていくとも。

このことこそが、全体人間としてのインフィニットマンとしての実相と実像であったのだ。

太陽系の宇宙人たちはこの地球で、人類が想像も理解もできない、宇宙の知的生命体としての宇宙文明の様々なる姿を現じながら、宇宙の二重構造や多次元構造を明かしていく。科学の領域を超越した物質文明と精神世界を見せ、あらゆる超常現象を見せつけながら、遅れた文明が、核実験を含む原子力開発を中止するように、また、原子力の利用が平和目的であったとしても、所詮宇宙の破壊をもたらすものであると、太陽系惑星人は、この危険性をよく知っており、水の惑星の人類の生き方に異を唱え続けてきている。

近年において、太陽系惑星人である宇宙人は、すでに地球上の国や政府を相手にせず、個人（超能力を有する）を通じて、宇宙の平和と地球人の未来を慮《おもんばか》って啓蒙《けいもう》、援助する方向に作戦を変更しはじめている。

特定の超能力を持つ個人を選んで、宇宙や宇宙人の存在や真相を伝え、本を書かせたり、講演をさせたり、宇宙船《UFO》との遭遇をさせたりと、地球規模で押し進めている。

宇宙人に選ばれたインフィニットマンの一人が、紛《まご》うかたなきオサム・シノハラであった。

星の死体

ハワイ諸島の上空には、黒々と裳裾《もすそ》を曳《ひ》くような雨雲がじっとして動かずわだかまっており、初冬の夕暮れ時の風が大地を寂しくかすめ吹き抜けていた。

宇宙の賛仰の師に今後の道をどう征《い》くのか、さまざまな次元で諭《さと》されたあと篠原は自分なりに思うところがあって、異次元世界のある星に、テレポーテーションすることにして、師のニョーゼと別れていた。

涯てしなく拡がる広大無辺なる無限の宇宙生命空間の〝空〟のなかを、ゆっくりと次元間移動し、ニョーゼに与えられた特殊小型宇宙船で浮遊しながら永遠の沈黙世界を突き抜けていた。〝空〟……真空と思われてきた宇宙が、実は物を生み出していく生命空間であり、ゼロと見られる空間から物質が生まれる……言うなれば、有無の概念《がいねん》を超えた実在のなかを進んでおり、新たなる万物の〝死後の世界〟の創造の道を彷徨《さまよ》い探していた。

それは師のニョーゼが説く〝因果《いんが》の瞬間は倶時《ぐじ》と映じて、有限は無限を孕《はら》み、刹那《せつな》は悠《ゆう》遠《えん》をいだく〟の如くに……！

眼前にドス黒い無明《むみょう》の巨大な〝星の魂〟が無数に静止しており、意識体で動かしている宇宙船は、人造人間のアンドロイドによって操《あやつ》られながら進んでいた。

その星の巨きな塊《かたまり》は、超新星と呼ばれた星の寿命が尽きた際に大爆発を起して残った星の残骸《ざんがい》であり、まさしくそれは〝星の死体〟であった。これは爆発して死んだ星が残した燃えカスであり、なんの輝きもなく、またなんのエネルギー源も持ってない。

以前、師のニョーゼが話してくれた、エネルギー源のない中性子星が、大きさのある星の姿を残したまま宇宙の闇のなかに存在している……というあのことなのであろうか。

つまり、死の世界からの何かの働きをしながら、言うなれば空気もないのに風船がふくらんでいる……。

死体となってエネルギーをなくし、重力にさからうこともできずに縮《ちぢ》んでしまうはずなのに、巨きさのある星の姿を残したまま、無気味に宇宙空間に静止して、大小の星の死体がまるで、墓場のように集まっていた。

また、宇宙の幽霊たちが、生命に視える現象世界を突き動かしているように、篠原の生命の奥底で歓じられた。

闇の上空から真下に渺々《びょうびょう》たる黒々とした死体の大地が無気味に拡がり、全ての物質が焦《こ》げつき黒光りが鈍く駆《はし》る山また山……ドス黒い無数なる丘や川の流れのような溶岩の黒い群れ。

まさにその光景は、星の大爆発で焼け焦げ、爛《ただ》れた大地は〝死の世界〟であり、大焦《だいしょう》熱《ねつ》のあとの無限地獄の涯てなき様相を目の当たりに視て、篠原修の生命は夥《おびただ》しい光景に恐《きょう》懼《く》し歪《ひず》んでしまった。


この無数なる星の死体から、宇宙空間の霊気中に彷徨《さまよ》う神秘的で不可解な、数十兆、数百兆もの莫大な数の超極微小の粒子であるミッシング・マター或いはヒッグス粒子や、ダークマターが蠢《うごめ》き、飛び散っているのだろうか……。

死んだ星の物質が、宇宙に偏満《へんまん》している物理的な実体のない謎の不可思議な恐るべきパワーの〝宇宙の幽霊〟、目には見えない宇宙の二重構造の謎、また四次元から七次元波の波動を創っている謎の正体？

今……自分は、天文学や科学の分野では理解が不可能と言われている〝宇宙哲学や精神世界〟の真っ只なかに身を置いている……。

広大無辺な宇宙は永遠の時間と、無限の空間によって成りたっている。

この時間空間という縦横の拡がりのなかに、死んだ星の目に見えない物質がどのように溶け込んでいるのかを、量子力学の世界は追い求めているのだ！

宇宙空間の温度と同じく、死んだ星の温度もマイナス二七〇度位で、宇宙船内の温度は、特殊なセンサーでコントロールされていた。

時折りに〝サアー〟という未知なる音が幽《かす》かに篠原の耳に入り、宇宙船はゆっくり進んでいた。

この全く不可解な〝星の死体〟は、確かに天体としての物質は死んでいるが、それでもまるで風船のように、空気が入ってはいないはずなのに膨《ふく》らんで宇宙に浮いている。この現象をどのように説明すれば良いのだろうか⁈

「宇宙の本質・生命の本質・物質の本源」それを頭で考えれば考える程、不可思議な事実にぶつかってゆく。

また物質の究極である素粒子の世界にしても、いま自分が星の死体に着陸している現実は、まぎれもなく宇宙の実相として存在しているが、その生命の本質は簡単なものではなく本源的な解決は、科学の世界では解明しようがない。それはまさに量子力学の世界が標《ひょう》榜《ぼう》している哲学・宗教の世界となってしまうことを、篠原修は犇々《ひしひし》と歓じていた。

しかも、渺茫《びょうぼう》たる黒一色の星の死体が現実に現れている姿、すなわち現象・地象・天象の世界は、有であり、無であり、因であり、縁であり、自他であり、方であり、円であり、短長であり、出であり、没であり、そして生滅なのである。

これは観念論者が説くような幻想の世界でもなければ〝仮象《かしょう》〟でもなく、宇宙の厳然たる〝法〟であろうか。故に、あらゆる宇宙の森羅万象……それが太陽であろうと、星であろうと、地球であろうと、またそこに棲むあらゆる生物であろうと、一粒の粒子であろうと、それは大宇宙と無関係ではなく、一体不二《ふに》と言えるだろう。

大宇宙そのものさえ一個の偉大なる生命であるならば、我が生命と大宇宙の生命が一体不二であり、星の死体のこの天体も、ただ縁に触れてこのような姿に凝集し、差別相を形成しているのではないだろうか。

順《したが》って、我々の生命は厳然と、他と区別ある一個の生命体でありながら、そのまま大宇宙に偏満し、大宇宙と一体不二になっており、もし我々が死ねば、差別相はなくなり、大宇宙の生命それ自体となる……。

それ故に、この星の死体も、宇宙の生命自体として存在し、何らかの莫大な数の素粒子が、光も出さず、電波も出さず、通常宇宙に並行して〝影の世界〟として存在し〝宇宙の幽霊〟として恐れられているのかもしれない。篠原修の虚空《こくう》での不思議な体験であった。

宇宙船を操《あやつ》っている人造人間のアンドロイドが、マザーシップへの帰艦を促《うなが》した。

私の身体に謀《はか》りしれないエネルギーが透過《とうか》していくのを感じたが、それは言葉には表現ができない何かしら巨《おお》きなものであった。

死体となった星の残骸は、物質世界から離れて、目には見えない不可解な〝生命〟が厳然と宿っている……！

このことはじつに難解な宇宙の実相であるが、究極的に〝生命〟のことを説くとすれば、ずい分と前に師のニョーゼは次のように説いていた。

この生命には、本来特有の自律性や発動性があり、それは元々、宇宙に備わっていたものので、それは宇宙全体を貫く〝法〟のようでもあり、その法が顕現《けんげん》され、具体化された、実相というものが生命である……と。

そして生命とは、生と死を繰り返しつつ、永遠に過去・現在・未来と三世の流れのなかで生成流転を続けて繰り返している。

生きとし生けるものはすべてに、この生死流転の理《ことわり》を続けている、涯しなく——。

死後の妙《みょう》

古今《ここん》の東西から、あらゆる宗教と哲学が、人間の〝生と死〟という問題において、その淵源《えんげん》を求めて探究をしてきた。

人間が人間として目を背《そむ》けて避《さ》けては通ることができないものに、生きていくことと死を迎えることとがある。

特に死に関しては、人は死ねば万事が終る……ということは決してない。

肉体は滅びても、生命は、死後の世界でも連続して永遠に生き続けていく。

死の瞬間から、次に人間としてこの世に〝生〟を受けるまでの期間を「中有《ちゅうう》」という。

人の中有は四十九日とされ、七日ごとに再び〝生縁《せいえん》〟が決まると仏法は説いている。

そこで、故人に対して追善回向《ついぜんえこう》をする〝初七日《しょなのか》〟から、四十九日《しじゅうくにち》の法要を、我が国では昔も今も営んでいる。

生から死への移行というものは、一瞬にしてなされるものではなく、それはつまり、死を連続的な過程とみている。

その過程とは、肉体面で有情《うじょう》から非情《ひじょう》へと移っていく変化である。途中まで何かのきっかけで、再び生の方向へと転じる可能性もあるが、ある段階を超えると二度と生に転じることはなくなってしまう。

二度と逆戻りをしない地点を超《こ》えて、生命は、遂に完全な〝死の死〟へと向かう。この地点のことは、古来から〝三途《さんず》の川《かわ》〟という表現で示されてきている。

時代のすべてが不確かで、激しい変化の連続であるが、〝死〟というものは、絶対に誰もが迎えざるをえない。

確実と言えば、これほど確実なものはないだろう。

しかしながら、生死《しょうじ》という人生の一大事を真剣に考える人は少ないのが現実である。

また、死を恐れ、忌《い》み嫌《きら》って、人間の根本である生死《しょうじ》の問題を掘り下げようとはしない。そこに、目先の利害や快楽に流されがちな風潮《ふうちょう》を生み出す根本的な要因が潜《ひそ》んでいることを、人々は知るべきである。

現代文明は死をタブー視する文明なのか。

死から目を逸《そ》らそうとすることは、本当の自分から目を逸《そ》らすことに通じる。また、現代社会では生きていく安全性よりも、死に向かっていく危険性のほうが、はるかに多いと言えるであろう。

人間は誰もが、いつかは必ず死ぬことを知っている……しかし、いつかはであって、まだまだ先のことだと思っている。

若者たちはもちろん、年老いても、否《いな》、年老いていくほど、死から目を逸《そ》らそうとするのが現実である。

人はいざ死に臨《いど》んだ時、一切の虚飾《きょしょく》を剥《は》がされてしまう。

地位も、名誉も、名声も、権力も、権威も、財産も、全てが役には立たず、裸の自分自身で向き合わなければならぬのが現実である。

また社会の実相《じっそう》として、地震、津波、台風、水害、雷、大旱魃、大火事、竜巻と、自然災害は人間を差別することなく襲い続けている。

そしてまた、あらゆる事故に、急病と……死の可能性はいつでも身近に潜《ひそ》んでおり、人はそれを忘れているだけである。

人生は無常迅速《むじょうじんそく》である……。


死には、あらゆる病死がある、また交通事故を含めてあらゆる事故死がある。

そしてまた自殺があり、他殺もあり、変死や焼死、凍死や水死、刑死も安楽死もあり、近年においては脳死も尊厳死も、そして自然の寿命として安らかに眠るがごとくに死んでいく姿もあり、尊い戦死もある。

死とは何か……死後はどうなるのか……。

死後の世界があるのだろうか……。

人は自分自身の死を見つめるのがイヤなあまり、他に熱中できることを次々に考えようとする。そのように、往々《おうおう》にして人間は死を見つめることができない。

また、死後の世界や、死後の生命を否定できるほど、人智《じんち》は進んでいないのが現代であり、死を忘れた文明と言われる現代である。

それは死を厭《いと》わしいものとし、できれば考えたり、触れたりしないで済ませたいというのが現実である。

しかし、科学は死を先に延《の》ばすことはでき得ても、死をなくすことはできない。

死とは避けようのない人間の条件である。

故《ゆえ》に、死を忘れた文明とは、人間を忘れた文明とも言えるであろう。

生も死も、過去・現在・未来にわたって、永遠に生死《しょうじ》生死と転《めぐ》りゆく……。


文豪のトルストイは語っている。


死は、明日の日がくるという事実よりも、昼のあとに夜がやってくるという事実よりも、夏のあとに秋や冬がやってくるという事実よりも、確かである。

それなのにどうして我々は、明日の日、明日の晩、また冬の用意をしながら、死の準備をしないのだろうか。

死に対して準備をしなければならぬ。

死に対する準備はただひとつ……善なる生活がそれである……と。


肉体が滅んだあとの人間の死後の生命は、宇宙のなかに溶けこんでいく。

宇宙生命のなかに溶けこむが、決して他と混《まじ》り合うことはなく、それぞれの生命〈魂〉が独立しており、その人の生前での営みや行動に応じていろいろな喜びや悲しみを死後も歓じる……生前に他者に優しくしていたのか、冷たくしていたのか、どんなふうに人を愛していたのか、人に親切にしていたのか、人を傷つけ貶《おとし》めていたのか、どれだけの善をなしていたのか、どれだけの悪業を積んでいたのか……。


生前のあいだだけではなく、死後の生命までも、苦と楽が続いていくのである。

仮に……再び人間として生縁を受けたとしても、生きていくその後の娑婆《しゃば》世界においても同じように、苦と楽が憑《つ》きまとう。

また、大宇宙の生命に融合したその人の生命は、常に天上界のなかでも喜怒哀楽《きどあいらく》を歓じ続けていく。

それはちょうど、夢のなかで泣いたり笑ったりしているようなものである。

そして何かのきっかけで、夢から醒めるように、縁に応じて、再び人間としてこの世に生まれてくるのである。

死から生を受けて、どうして、アフリカやエジプトや、中東の国々に生まれ落ちるのだろうか！

なぜイランやイラクや、アフガニスタンに生まれてくるのだろうか！

なぜイギリスやフランスやイタリア、そしてロシア等の国々に生まれるのか！

どうして日本ではなく、北朝鮮や中国や、東南アジアの国々に生まれるのか！

また、ハワイやタヒチや、オセアニアの国々に生まれ落ちるのか！

そしてまた、カナダや北米や南米の国々に生まれてくるのだろうか！

なぜに、生まれながらにして病弱なのか！

どうして短命の寿命をもって生まれてこなければならないのだろうか！

貧富の差もある、肌の色の違いもある！

神が創ってくれたのであれば、それはあまりにも不公平であり、もっと平等に創ってもらいたかった……！


人間だれもが思うことであろう。

二十一世紀になった現代、多くの若者たちが、自分の前世を知りたがってるという。

〝自分とは何者なのか〞というルーツを現在に見出すことができず、過去の自分にそれを求めているのは確かである。

人が生前に善をなし、満足感のなかで安心して死んだ場合は、大体に血管が開いた状態であり、それは血液の凝固と筋肉の硬直が比較的に遅くなるから、死相は、顔色が白く、身体が柔かく成仏《じょうぶつ》した姿である。

ところが、生前に悪をなし後悔や無念さを抱いて苦しみながら死ねば、拳《こぶし》を固く握りしめ、血管が収縮しない状態となり、血液の凝固と筋肉の硬直が早く始まり、顔色がドス黒く、身体が硬くなってしまい、不成仏《ふじょうぶつ》の姿を見せる。

そこで誰もが知りたい死後の生命……。

肉体から離れて宇宙の生命のなかに溶け込んだ死後の生命は、亡きおじいさんや、おばあさんの生命も、親兄弟や、友人知人の生命も存在しているが、けだし、祖父母や両親があるいは身内や友人が、手を取り合っているのかと思えばそうではなく、どこにいるのかさっぱりわからない。

どこにいるのか、生命〈魂〉がどこにあるのか、単純にあるとも、ないともいえない。

しかしないからというと生命は、何かの縁に応じて生じてくる。

つまり、死後の生命は有無《うむ》の概念《がいねん》を超えたものである。

死者の生命が宇宙に溶け込むとは、人間が持つ生命に巣食う〝業《ごう》〟の生命というものが

〝空〟の状態で宇宙生命と一体となる。

順《したが》って〝空〟だから……有でも無でもなく宇宙のあそこにあるとか、ここにあるとかとはいえるものではなく、それは宇宙の生命と一体なのである。

言うなれば、生命自体の波長が、宇宙全体に流れ込んでいくのである。

宇宙の空間には、あらゆる電波というものが流れ飛び交っているが、この電波そのものは決して目には見えないはずである。

而《しこう》して、死によって肉体が滅んでも、生命というものは波長となって、宇宙生命のなかに溶け込んで波動し続けている。

言うなれば宇宙のなかの生命波として！

生と死は宇宙そのものの永遠にして大いなるリズムであり、無数の生命の生と死、あらゆる現象の起滅、種々の次元の因果であり、宇宙全体の調和として現れている。

死というものは、次の〝生〟のための充電期間とも言える。朝に目が覚めるのが〝生〟で、夜に休息の床につき眠るのが〝死〟で生と死は永遠に連続をしていくものである。

二

人間は誰もが再び、死後も人間としてこの世に〝生〟を受けて生まれてきたいと一途に願うものである。

そしてこの夫とこの妻と、来世においても夫婦として結ばれたいと願うであろう。

あるいは死別した愛する人と再び次の世でも愛し合いたいとも。

篠原修のこれまでの生涯は、波瀾万丈《はらんばんじょう》の歳月のなかで、ただ一心に己の使命と運命に挑戦し、応戦して、人類の恒久の平和を願い謳《うた》ってきた。

胸に百の河を納め、眼は千年を見つめ、志は万の山を越えゆき、そして心は大宇宙を包む如くに闘い続けてきた。

人には言うに尽くせぬ苦しみや悲しみを呑み下し、未知なる領域に命を賭けて、多くの人々を蠱惑《こわく》し続けてきた。

始めもなく、終りもなく、幾世《いくせ》の果てから生死《しょうじ》生死を繰り返しながら、様々な惑星のなかで、これまでと同じようにインフィニットマンとして己が使命を果たして来たような、深い感慨にふけっていた。

テレポーテーションの次元間移動はまだ終らず、次々と過去に遡《さかのぼ》っては前世の頃に戻って己を視つめたりしながら、肉体を持たない生命〈魂〉の偉大な意識・超絶性・霊性・またある種の高次元の意識から伝えられ、授《さず》けられた宇宙生命空間での体験をしていた。

〝私は今、不思議なことにUFOと、アンドロイドから離れつつ、形而上の精神世界のなかで、不可知な無気が標榜する死後の世界へと、生命が服《まつろ》いはじめている〟

眼前に凶々《まがまが》しく昏《くら》い闇の形相《ぎょうそう》が立ち込めて私の生命を襲いはじめているのを、私はじっと覗《のぞ》き視ている。

漆黒《しっこく》の闇のなかで、可視宇宙の黒々と象《かた》どられた分厚く紗《しゃ》をかけられたような、蟠《わだかま》る死後の生命の仄《ほの》かな動きに私は服《まつろ》いながら、喪《うしな》われた時間《とき》を遡《さかのぼ》ろうと喘《あえ》ぎ、内面から突き上がるような、ある種の愕《おどろ》くべき何かに、生命が波打つ高揚《こうよう》に感応《かんのう》し、また全く別の世界での行動を視つめつつ、更にはいま始まったばかりの死の世界のなかで来世の未来をじっと用心深く窺《うかが》っている。

それはまるで、魂に組み込まれた私の生命の内部メカニズムが、何かに触発されて作動し、奥底に眠っていた記憶を呼び覚まし、自身の遠き古《いにしえ》の故郷の惑星や、新たなる惑星の終《つい》の栖家《すみか》を標榜《ひょうぼう》しながら、喜擢《きく》たる想いでそれを糺《ただ》しはじめているようだ。

ちなみに、人間がこの世に〝生〟を受けるまでの一般的プロセスには、約三十五億年の進化を、もう一度、母親の胎内でやり直す。

つまり、原初の生命誕生から＝魚の時代＝両棲《りょうせい》類時代＝爬虫《はちゅうるい》類時代＝原始哺乳《ほにゅうるい》類時代＝等を経て人類へと到達して、更には、人類数万年の歴史を辿《たど》りこの世に出胎する。

このように人体という小宇宙は、解明すればする程に、広大さや精巧さ、そして神秘なまでにあらゆる可能性を持っている。

胎児は産まれるまでに、母親の胎内で、自分の祖先に由来する記憶を体験したり、人類の祖先である動物との合一化を起こしたりする。

また、前世での劇的な出来事も再体験して予知・透視・透聴などの未来の出来事なども鮮明に体験をする。

そして無機物の意識が合一化し、海水・火・雷・火山活動といったプロセスも体験する。

更には全生命圏、惑星の誕生と死・素粒子の出来事・銀河集団・宇宙意識につながる体験もする。

そしてまた、他の惑星の住人との遭遇も体験する。そうした数々の体験を胎内で行ってやがてこの世に〝生〟を受ける。

このように人類という種の生命の歴史というものは、人智では計り知れない程、宇宙生命との深いつながりを持っているが〝生死《しょうじ》〟とは、そうした意味から、地球意識のみでは解明ができ得ぬ〝何か〟を持っている。


私の生命〈魂〉は、このことを宇宙の賛仰の師に聴いていたことを静かに想い出しながらこれまでの、有為転変《ういてんぺん》の人生の途上である日、忽然《こつぜん》と稀《まれ》にみる超能力が芽ばえて、テレパシーを遣ってUFOを呼んでみたり、異星人のニョーゼと出遭い、あらゆる角度から宇宙と地球と人間に関する宇宙哲学を学んだ。

また、サンディビーチやグランドキャニオンでの出来事、そして小惑星の地球への衝突回避の件や、シーナ女史や多くの人たちとの出会いや、妻のエレナとの縁の不思議な生活……等々を鑑《かんが》みれば、全てが宇宙の師のニョーゼの言のごとく、縁によって出来《しゅったい》してきた事実から乖離《かいり》することはできなかったことであり、まさに、私はインフィニットマンとして宇宙生命のなかに組み込まれた〝プロセス〟ではなかっただろうか……！

私はいま、死後の世界を自身の過去と現在、そして未来をしっかりと視つめながら宇宙を彷徨《さまよ》い、そして生命のなかで我が人生の幾星霜《いくせいそう》を、その魂《たましい》の中で静かに手繰《たぐ》っている。

無数なる様々な縁によってつながり合った世界は、我が魂に深々と投影され、同時に、無限の高次元の波動性を持ちながら漆黒《しっこく》の深い闇のなかを音もなく得体の知れない〝何〟かに伸《の》し掛《か》かられていた。

宇宙の闇が無気味に蠢《うごめ》く死後の世界では、重苦しい沈黙が私の周辺に拡がっている。

何かしら、葬儀《そうぎ》の際に祭壇《さいだん》から闇のなかへと漂《たゆた》い流れるお線香の煙にも似た騾《はし》り煙《えん》が、私の生命に悴《かそ》けくまとわりついているような想いにかられながら、寄る辺《よるべ》なき中有の旅を続けているようで、冥《くら》くて重い死後の生命の沈黙が無限に漂っていた。

幽遠《ゆうえん》なる大宇宙の暗黒の世界を彷徨《さまよ》い歩く中有の旅路が更に続く闇のなかで、最初に辿《たど》り着いた所は、恐しい形相《ぎょうそう》の象《かたち》が闇のなかに蠢《うごめ》きドス黒く流れる〝三途の川〟であった。

川の袂《たもと》には、中有の死人《しびと》が群がっており、眼前には数えきれない程の死人《しびと》の姿が蠢《うごめ》きその光景は、まるで黒い胡麻粒《ごまつぶ》のように無気味に映っていた。

それらの死人《しびと》の姿は、自分を自分でどうにも変えられない弱さと苦悩のなかで、無気力な自分へのやり場のない恨みと、うめきのなかでの〝地獄界《じごくかい》〟。

あらゆる欲望に振り回され、欲望の虜《とりこ》となってしまっている〝餓鬼界《がきかい》〟。

自分のなかに善悪の基準もなく、全てを本能のおもむくままに行動して、人間として恥じるところのない〝畜生界《ちくしょうかい》〟。

そうした三悪道の生命が染みついている死人たちの中有の姿は、それがすでに視るだにおぞましい地獄の形相《ぎょうそう》であった。

まるで戦場の最中から戦火を逃《のが》れて逃げ惑《まど》う難民のように、三途の川の袂《たもと》では、長い長い行列の姿が続いていていた。

〝生老病死《しょうろうびょうし》〟という人間が味わう四苦である実相のまえに、人生の儚《はかな》さと無常を歓じながら、哀音が奏《かな》でるような昏《くら》くて長い行列の死人たちを視つめ、ふと思ってよく視ると、命終《みょうじゅ》の際に身に付け出棺《しゅっかん》の時に着せられていたのであろうか、その衣服を着ている姿に愕《おどろ》きながら、冥《くら》く塞《ふさ》いだ苦悩に打ちひしがれた表情で立っている姿は、生前の数々の悪《あく》業《ごう》やエゴを押し通したその報《むく》いを証《しめ》しているように哀《あわ》れであった。

小乗《しょうじょう》仏教で説かれている厭離穢土《おんりえど》・欣求浄土《ごんぐじょうど》のように、現実の苦悩の人生や社会を離れて、死後の極楽往生《ごくらくおうじょう》を願う……。

死後にしか得られないとする誤まった成仏を求めて天上界での生命流のなかで彷徨《さまよ》う、逃避《とうひ》的で厭世《えんせい》的な、一時のなぐさめの姿が、篠原修の生命に生々しく映っていた。

〝オイッ！　そこをどかんか！　儂《わし》は早く生まれ変わらんと、日本の政治が世界から遅れてしまうんだぞ！　早くそこをどけ！　儂《わし》は大臣まで務めとったんだ、ドケドケ！〟

死後の世界にまで権力を押し通している亡者がいる。また生前は大会社のオーナーであったとか、有名なタレントであったとか、テレビに出演していた評論家であったとか、三途の暗闇《くらやみ》のなかで、尚も生前の地位や名声や権力を引きずっている亡者たちは、きっと、命終《みょうじゅ》の寸前まで人を見下し、泣かせ、無慈悲や無感心のエゴを押し通していたのであろう。

臨終《りんじゅう》の際の顔の相や、身体、性格がそのまま死後の天上界にも現れている亡者たちの姿が、忌《いま》わしく映って、篠原修の生命のなかに哀音《あいおん》となってくぐもっていた。

人が死んで七日までに渡るといわれる冥土《めいど》への途中の川の袂《たもと》では、これから渡ろうとしている地獄の底に人が吸い込まれる奈落《ならく》の情景は、まさに生命《たましい》が凍りついてしまうほど、哀れな様相を放っていた。

生前に三悪道の限りを惹起《じゃっき》してきたその報《むく》いを受ける者たちは、冥闇《くらやみ》の先に幽《かす》かにドス黒く横たわる〝三途の川〟を、弱々しくうつろな表情で見つめ呟《つぶや》いていた。

〝三途の川だけは絶対に渡りたくない〟と。

滾々《こんこん》とあふれる慟哭《どうこく》の涙を流しているのを無視したかのように、理不尽にも三途の川の風は死人《しびと》たちの願いを吹き飛ばし〝生縁《せいえん》〟への希《ねが》いをあざ嗤《わら》っていた。

しかし、生前に積み重ねてきた悪業というものは、死後の世界でも厳しく情け容赦《ようしゃ》なく命濁《みょうじょく》の性《さが》の罪の審判を受けなければならないのである。

篠原修はそのような情景をじっと視つめながら、死後の生命の実相から乖離《かいり》することすら許されない生命の流転というものに少なからず慟哭《どうこく》をしていた。

闇のなかの頭上をけたたましく妖鳥の〝鵺《ヌエ》〟の群れが、呪咀《じゅそ》を込めたような鳴き声を残して三途の川面《かわも》に消えていた。

無気味で異様な形象《けいしょう》が包みこむ傷殺《しょうさつ》たる冷気と、棲息しうる悪霊《あくりょう》のような名状《めいじょう》し難い三途で、隠微《おんび》で湿潤《しつじゅん》な風に乗って重苦しい悼《いた》みや哀しみの哀音を、川音《かわね》が幽々《まがまが》しく伝えるなか、立ち並んでいる死人たちの〝生縁《せいえん》〟への希《ねが》いは、烏有《うゆう》に帰すような光景であった。

死後の世界で初めて遭遇した三途の川の袂《たもと》での光景に愕《おどろ》く篠原修の生命は、更なる場面に出遭っていた。

どこまでも先が見えない長い行列に立ち並ぶ老若男女の亡者のなかで、異様な三人の死人たちの会話が聴こえてきた。

三

星の死体から離れて、テレポーテーションで死後の世界に征《い》くなんて、どう考えても分からぬ異次元世界の出現に、私の生命は異変を生じはじめていた。

一つにはマノアの家で一人寂しく、不安を抱きながら泣いているエレナの嘆《なげ》きと、思いもしなかった死後の世界に対する恐怖心で、夢のなかでよく感じる〝魘《うな》され〟ている時の状態に襲われていた。

まるで悪魔に憑《つ》かれたように不可思議なパワーに生命が押しつぶされ、引き裂かれるような戦慄《せんりつ》が強烈に戦《そよ》ぎ、修は大声で助けを求めていた。

宇宙のなかに拡がる目に見えない次元の〝生命流〟という不思議な力に引き込まれ、このまま不成仏《ふじょうぶつ》となって生縁から見離されてしまうのか……それはあらゆる魔との闘いであった。

自分は生前にどんなふうに生きてきたのか、妻のエレナに優しく接してきたのか、走馬灯のように過去が私を襲い、蘇《よみが》える生前の己の姿が次々と生命に写し出されていた。

尚も叫び声は魂の底から突き上がり、いまにも生命そのものが破壊されそうであった。


一方、再び忽然《こつぜん》と姿を晦《くら》ました夫のオサムがすでに一ヶ月以上も音信不通であり、空しさと寂しさに耐えきれず、マノアの白い家でエレナは悲嘆《ひたん》にくれていた。

これまで夫婦となってから何回となく自分の元から突然に消え、そしてふらりと帰って来ていた夫のことを追慕《ついぼ》しながら、エレナは身心ともに疲れ果てて観念していた。

超能力、インフィニットマン……妻のエレナにとってはそんなことはなんの幸福の源泉でもなく、考えてみれば、この十年間一緒に暮らしていたなかでの楽しかったことなどはほとんどなかった。思えば……モノや効率ばかりを追うような現代社会のなかで、心が通い合う人間社会を希《ねが》い、女性のもつ、しなやかな想像力、優しさや温かさ、そして人間味がある女性になることを目ざし励《はげ》ましてくれていた夫のオサム……また、心の置き方ひとつで決まる〝ポジティブ〟楽観主義で生きて行こうと誓い合った頃の日々も、今ではすでに一場の夢として消えてしまった。

いつもこの私から消えて行く時にオサムは置き手紙を残しているが、今回もそれを読みながら、エレナは涙していた。


苦しい時は、この闇が永遠に続くような気がするものです。

しかし、決してそうではないのです、冬はいつかは必ず春となり、永遠に続く冬はありません。

誰よりも苦しんだ貴女が、誰よりも人の心がわかる貴女なのです。

誰よりも辛い思いをした貴女は、誰よりも人の優しさに敏感なあなたなのです。

日々、より高く、より深く、より広い、何かを求めてボクは生きてきた……。

それは人のため、社会のため、そして地球のために！　そこに限りない向上があり、夢があり、希望も充実も安心もあります。

最後にいつものとおりに〝必ず貴女の胸に帰って来ます〟と書いてあった。

三途の川の袂《たもと》では、すぐ近くでなつかしい東京の下町言葉が篠原修の耳に入ってきた。

〝ヨオッ……誰かと思ったら吾郎さんか？〟

〝ヤア……庭師の重造《しげぞう》オヤカタですか！〟

〝おうよ！　ずい分と前《めえ》にガンで入院していたこたァ、俺も知っちァいたが……そうかァあんたも死んじまったのかい〟

〝こんな所で親方に出遭うなんて正直、愕きましたョ！〟

〝あんなに優しくってョ、美人だった奥さんを遺《のこ》して死んじまうなんて、吾郎さんも罪な男だよナ〟

〝ハイ……！　無念でなりません！〟

〝ところで吾郎さんョ、あんたはこんなところに並んじァいけねえョ〟

〝そうでしょうけど、人間死んだあとにはまずこの三途の川に並ばなければいけないと生前に聞いていましたから……〟

〝かもしれねえが……俺ァよ、生前にずい分と好き勝手に生きっぱなしでよ、ケチな悪さも数えきれねえ程やってきてだよ、人様にァ、えれい迷惑をかけちまって、女もずい分泣かせてきてるんで、あの三途の川を渡らなきァなるめいって覚悟はしてるんだ、吾郎さん〟

〝でも親方……三途の川は恐ろしい地獄へ行く川なんでしょう?〟

〝どうもそうらしいんだが、ま、渡らずに済んだとしてもだよ、どっちみち犬かネコかはたまた牛や馬になんざ生まれ変わるんがいいとこだろうぜ〟

肝硬変、無類の酒好きで暴飲の歳月が親方の酒井重造の命を奪っていた。享年七十才。

その重造は三途の川の袂《たもと》で柏木吾郎と出遭って、うれしそうに生命の囁きを奄々《えんえん》と続けていた。

〝したっけ吾郎さんよ、そのう、なんだよ。畜生に化身してまでだ、よしんば娑婆《しゃば》世界に帰《け》ェれたとしても仕方あるめい……どう思うんだ、吾郎さんよ〟

〝どう思うかって聴かれても困るんですが、ボクの場合ですと……四〇年も生きて、元気だった頃の姿で、もう一度、妻の文代と暮らしたいですネ〟

〝ケッ、ったく泣かせるじァねェか。あんたは無口で愛想もクソもない男だったが、けっこう愛妻家だったのかヨ〟

死後の世界での三途の川の袂《たもと》では、生命に重圧を歓じ、哀音が流れて、霖雨《りんう》が周辺を遮《さえぎ》っているようななか、雨でしおたれた柳の老木のような哀しさが漂い、寄《よ》る辺《べ》なき二人の生命の囁きが続けられているのを、篠原修の魂はじっと見守っていた。

〝なあ吾郎さんよお……この三途の袂《たもと》によ、うじァうじァ突っ立ってやがる連中が、全部が全部だよ、死ぬ前《めえ》まで悪い生き方をしてきた奴ばかりたァいえねえだろうが？〟

〝そう……だとボクも先刻から考えていましたけど……生前に善根を積んできた人の場合は、ボクも含めて、この先どうなるのかって〟

〝そ、そうだよな……あんたの場合《ばえい》は素直すぎて虫も殺さねえような男だったから、たぶんだよ、三途を渡らなくったって、もちっと先の遠くに違った宇宙のなかのどっかの天体でな、誰だかはわからねえが偉《えれ》い仙人みてえな人に説教されて、四十九日までには生縁《せいえん》を受けて娑婆《しゃば》に帰《けえ》れるかもしれねえそうだぞ〟

〝そうだとありがたいですよネ！　そのどこかとは、一体どこのことですか、親方？〟

〝そうさな……俺もよかあ知らねえけど、何でも極楽みてえな所があってよ、そこえ行くてえと偉《えれ》い仙人みてえな人がな、ありがてえ説教をしてくれて引導《いんどう》をくだす……なあんてことを、並んでいた誰かがヒソヒソとしゃべくってたのをちょいと聴いたぜ〟

三途の上空がほんの少し薄闇となった。

並んでいる列のずっと先に、仄《ほの》かに見える建物らしいものがあるそうで、三途の川を渡らせる人選のようなことが行われているらしい……と親方の重造が教えてくれた。

そこはまるで人間の糴市場《せりいちば》のように区分けされていて、生前の善悪の所業を裁定しており、その所業の値踏みをどうやらしているらしかった。

極悪非道を重ねてきた者は、間違いなく地獄に送られるという。

地獄には多くの種類があってまず、八大地獄があり、これは最も業障《ごうしょう》の深い者が堕する地獄である。

八大地獄に、それぞれ十六の地獄がある。

それは全部で、一三六の地獄の数となり、八大地獄とは等活《とうかつ》・黒縄《こくじょう》・衆合《しゅうごう》・叫喚《きょうかん》・大《だい》叫喚《きょうかん》・焦熱《しゃくねつ》・大焦熱《だいしゃくねつ》・大阿鼻《だいあび》〈無限〉とある。

特に恐ろしいのは、大阿鼻の無限地獄で、その状態の苦しみや内容を聴いただけで血を吐いて死んでしまうほど、それはもう言語に絶する凄《すさ》まじいものであるという。

――おまえは吾郎という名の者か、つかぬことを聴くが、家の護《まも》りは何であったのか――

〝ハイ……代々から仏教に帰依《きえ》しています〟

――まあ、この三途に来たからには、少々、聴かせておくが、この三途に来る者は祖先の上《かみ》七代まで遡《さかのぼ》って生命の濁りを引きずって来ているが、死ねば成仏できるだろうなんて、過去の深い宿《しゅく》業《ごう》を積んできているのも忘れてナ……今の日本人は、国が豊かになり過ぎてあまりにも傲慢《ごうまん》で、自己中心になってしまっているようだ。

特に最近はいい死に方をしてきていない者が多すぎ……まるで宇宙は自分たち人間のために存在しているような、甚《はなは》だしい錯覚をしている。

宇宙や自然と離れて、自分たちだけで存在できると思い込んでしまっているのだ。言うなれば平和ボケをしてしまっている。

島国根性の嫉妬《しっと》と、策略や陰謀《いんぼう》が、娑婆世界にウズ巻き、人間の四苦といわれる〝生老《しょうろう》病《びょう》死《し》〟つまりだな、生きる苦しみ、老いていく苦しみ、病気の苦しみ、そして死への苦しみを、正面から立ち向かっていこうとすることを避けてしまい、何事も心の善悪がわからずにエゴを押し通そうとする。

そのことは、悩み迷い多き人間の現実の生命の世界と言えるだろう。

そのような過去を引きずって三途の袂《たもと》まで来て、早く人間界に生を受けさせてくれなんてあつかましく訴えている。

まあ、そうした亡者たちは、この冥《くら》い三途から永遠に逃《のが》れるはずは絶対にない。

だからして今後は、子孫の下七代《しも》までの三、四〇〇年のあいだまで地獄の苦しみを受けることになるだろう――

〃……！　生命の濁りとは、それほどまでに罪が深いものなのですか？〃

――そうだよ、煩悩《ぼんのう》の虜《とりこ》になってしまうことは、生前にも増して、死後の世界では更に苦悩を味わうことになるのだ……だから生前において、宿業というものを断ち切らなければいけないのだよ。

柏木吾郎、あんたも中有から寸前に三途の地獄への道を進むところだったが、あんたは生前での先業《せんごう》が浅きにより免《まぬ》がれそうだ――

〃私はまだ々、中有の旅は続きますか？〃

――それは……死後の生命であっても自分自身が煩悩《ぼんのう》の迷いから脱した時にわかるだろうが、本当の地獄とはこの三途ではなく、ここはまだほんの入口に近いだけなのだ――

庭師でトビ職の酒井重造と、柏木吾郎は、三途の川の袂で地獄の裁定官に、死後の生命の魂を毟《むし》り取られるような説明を聴かされて、生前の行動を洗《あら》い浚《ざら》い検《あらた》められて複雑きわまりない昏《くら》い魂のなかに落ち込んでいた。

私、篠原修はその光景を目の当《ま》りにしながら、初めて遭遇をした三途の川の袂を、死後の世界の〝妙〟として、生命の目を瞠《みは》った。

四

〝オイッ、吾郎さん！　うしろの列の方から偉そうに肩いからして歩《ある》って来る奴ァ、どっかで見たこたァねえか……何だか映画のフーテンの寅《トラ》さんによく似てやがるが〟

〝アアッ！　あれは同じ八丁堀の町内に住んでいた鉄平さん……のようですが、映画に出てくる寅さんそっくりのスタイルです〟

〝確かそうだよな！　ありァ鉄の野郎に違《ちげ》ェねえぞ……そっくりさんのテレビ番組で優勝しちまったくれい、良く似てやがるが、なんだってまた、こんな三途《とこ》まで、寅さんの格好しやがってよ。見ろ、その気になって愛想振りまいてやがる……あのバカタレがよ、見てられねえぞ、吾郎さんよ〟

〝たしか……ボクが八丁堀から世田谷区内に移る前に、病気で亡くなられましたよネ〟

〝そうだったな、俺も葬儀に出たから……〟

〝ヨオッ！　よよよのヨ‼　なんだトビのシゲ親方に、八丁堀の下町をトンズラこいて山の手の世田谷くんだりまで行っちまった柏木の吾郎じゃァねえかよ……二人共こんなところで一体なに遊んでるんだ、あん、返事しろよ……ああそッか、ハハハッ‼

なんでェ、おまいさんたちも、おッ死《ち》んじまったってことかよ〟

〝鉄平さん……お久し振りです、こんな三途《とこ》で三人が出遭うなんで、まったく奇遇ですよネ〟

〝おうヨ！　お二人さんには同じ町内でずい分と厄介《やっかい》をかけたもんだよナ、三途《ここ》はョ、娑婆じァねえんだからヨ、テキ屋の空しい旅も仕事もしなくったっていいからよ、ブラブラするんにァ居心地がいいところだぞ、吾郎ちゃん〟

〝あのう……鉄平さんはずっと三途《ここ》で列に並び続けておられたのですか、ずっと？〟

〝あたぼうよ、三途《ここ》の昏《くら》くて長ェ列をだ、すんなり通って川を渡るほど俺ァ生前に悪さばっかしやってきた訳じゃァねえやナ。

そりァ女を泣かせたり、テキ屋仲間を欺《あざむ》いたりはしたけど……ンなもなァ、可愛いもんだぜ！

ずうっと三途《ここ》の列に並んでいてだよ、俺の番に近づいてきたらナ、シカトウこいてよ列からそっと抜け出してだよ、川上の方にあるインターナショナルの列まで行ってな、外人たちをからかいに行ったりしたもんさ。けどよ、俺は英語が日本語ほど得意じゃァねえもんだからよ〈ハロウ・エクスキューズミイ〉なあんちゃってご挨拶をしちゃってだよ、また戻ってきて図々しく知らん振《ぶ》りして突っ立ってたんだ。キョウビこんな所で素直にしてたんじァ、身が持たねえつうの。ま、そんなこんなだったんだがな、なんつたってこう冥《くら》くっちァ何も見えやしねえやな、見てみろや吾郎ちゃん、まあったく、どいつもこいつも、シケた面相《つら》しやがって。まるでよ、通夜の列に死人が参列してるみてえだろうが……ナニッ、あ、そうだったな、みな死んじまった連中ばっかしだったよな、けどよ、いい女でも並んでるんじァねえかとあっちこっち探してんだが、見てみろよ、ったく幽霊みてェな女ばっかしだぞ〟

大きな声でしゃべりまくっている鉄平の明るさが、三途の闇のなかに響き渡って、篠原修の生命の魂は久し振りに笑っていた。

〝お二人さんよりもだ、この三途ではちょいとばかし先輩だからな、何でも聴いておくんない。お教《せ》えてやっからよ。

それにしても吾の字よ、おまいさんは一流の大学を出て、一流の企業に入《へえ》ってだよ、選良の見本みてえな人生街道を歩ってたのにだよ……人間なんてわからんもんだナ。

同じ町内に住んでながらよ、めったに顔見たことなんざなかったのに、何だってまたこんな所で面付《つらつ》き合わすなんざ……儚《はか》ねえ運命だとは思わねえか！
　ま、能書《のうがき》ァこれくれいにしてだ、これからちょいとばかし、三途《ここ》のガイドでもしてやろうか
い……この行列の一等前の方によ、何だか知らねえが威張《いば》りこいてやがる奴がいるんだがな、つ
まりだ、役人みてえな者《もん》が、行列に並んでる一人一人を順番に面接をしてるって寸方なんだナ。
　早ェ話が、こいつは軽い地獄に送るか、はたまに八大地獄に送ってメドレーで一つ一つの地獄
で苦しませるか……そんな裁定をしてるって訳だよ。
　親方よう、あんたもそのうち呼ばれるはずだから覚悟しとくんだナ〞
〝呼ばれたら何をどう訊かれるんだい、鉄よ〞
〝そうさな、まず最初はあんたの死種の内容について、なあんちゃってヨ、とぼけたことを訊き
やがるんだ……それがよ、シャレコウベみてェな面しやがって、まるでおぞましいゾンビだぞ、
あれは……そいでもってな黒子《くろこ》みてェな格好してやがるんだ〞
〝鉄よ、その黒子てえのは何なんだよ〞
〝ッたくおまいさんはいい年ぶっこいてながら、黒子のことも知らねえんか、知性ってものがな
さすぎるぜ、親方よ〞
〝親方、重さん、ほら舞台なんかで役者のうしろで手助けしてる人がいるでしょう、黒装束《しょうぞく》
で……アレのことですよ〞

〝そうだよ、吾郎が言ってるアレのことだ〟

〝あそうか……それでどうなるんだい〟

〝そのゾンビの野郎がな、あんたの死種は何だ……とバカこきやがるんだ。病死・事故死・自殺・他殺・変死・戦死・焼死・水死・凍死・刑死・脳死、のうち、自分の死に該当するところにマル印を！　なあんてぬかしやがるんだぞ、冗談はテメエの面相《つら》だけにしろってんだ〟

〝そ、それから、どうなるんだい、鉄よ〟

〝おうよ！　昔風に言やァ、大井川の渡場《わたしば》みてェな所に関所があってな、そこに行かされて迎舟《むかえぶね》が来るまで待機しろってほざきやがるんだよ……ッたくバカこくんじゃァねえって、矢切りの渡《わたし》から帝釈天《たいしゃくてん》に行くんじゃァあるめェにヨ！〟


篠原修の生命は、おかしさを必死にこらえながら、三人の会話を聴いていた。


〝それからどうなるんですか、鉄平さん〟

〝そんな渡場にハイそうですかって行ってみろ、三途の川にドボンと投げ込まれたら、もうそれでお終《しめ》いだからよ、そんなこんなを繰り返《けえ》しているところでお二人さんに出遭っちまったってとこなのさ〟

〝ふん、相変らず根性の無え野郎だな、鉄よ〟

〝……なんだとう！　ヤイ、死に損ない、不良ジジイ、トビ重のバカタレ、なんだッつうんだ、ふざけんじゃァねえぞ！

別に俺がどう突ッぱらかって生きようが死のうが、勝手じゃァねえかよ、バカタレが〟

〝もうとっくに死じまってるだろうがい〟

〝うるせい、このクソ野郎、根性がねェってテメエに言われる筋合いなんざ、これっぽっちもありァしねんだよ、ジジイ。

ヤイッ重造、てめえみてえな呑んだくれに俺の胸のうちなんざわかるかってんだ。俺ァな生前にテキ屋の仕事で日本中を歩ったり、フーテンの寅さんのそっくりさんを演《や》っちァいたが、世間さまにァけっこう楽しんでもらってたんだ……それだって男のド根性ッてもんだろうが！

ヤイ、トビ重よ、テメエなんか人のことなんざ言えたことかってんだ。

六〇過ぎても酒の量は多くなるワ、時間は長くなるワ、物ァ食わなくなる、そいでもってあげくの果てにァ肝の臓はぶっ壊しちまって、しめいにはあの世いきときたもんだ……冗談は娑婆だけにしとけ！

ちったあ反省しろッうんだ。

女は泣かす、欺《あざむ》く、欠いちァならねえ義理は欠く、人情にャ背を向ける、朝っから大酒かっくらって女房にァ逃げられる。使ってた若え衆《わけし》たちからはバカにされてだ、そいでもっておっ死《ち》んだ後にァ、三途の袂でよ死にたかあねえだのとヨタ飛ばしやがって、このバカが！ヤイッ、よおっく聞きやがれ、男はな、死んでもいいッってのと、死にてえッて言うのにァな、最高の男と、最低の男との違《ちげ》ェがあるんだぞ。ミソもクソも一緒《いっしょ》くたにするなってんだ〟

〝まあまあ、お二人ともケンカは止しにしてください……同じ八丁堀の町内に住んでおられたお仲間だったでしょうに！それよりも早く、三途の袂から抜け出して生縁が受けられるかどうかが問題でしょうが、ネ、親方！　鉄平さん〟

〝悪かったな、鉄よ。そうすると、まだ俺たちァ、生縁を受けて娑婆に帰《けえ》れる可能性がなきにしもあらずってことなんか〟

〝ま……人のこたァわからねえがよ、俺の場合《ばやい》はそんなとこかもナ〟

年老いたトビ職の親方の重造さんも、伝法《でんぽう》で口が悪いけど根は優しい鉄平さんも、涯てしなく無気味に横たわる三途の川の袂で、でき得るならばもう一度、下町の八丁堀に帰って、人間らしい生まれ方をして出直したいと、心底《しんそこ》、希《ねが》っており、そして再び、祭囃子《まつりばやし》が流れる町内を威勢よく神輿《みこし》をかついで走り回りたい……との想いを、篠原修の生命に囁いているようであった。

五

闇のなかの遠くで再び、下町八丁堀の鉄平と吾郎の会話が幽《かす》かに聴こえてきた。

〝吾郎さんよ……親方の重さんはな、俺たちと一緒には行かねえんだってさ。もう齢だし、さんざっぱら好き勝手に生きてきたんでな、三途から逃げきれねえだって……そう言ってたぞ。きっとこれ以上煩悩《ぼんのう》とやらに振り回されちァいけねえと悟《さと》ったんだと思うな……。

俺も悪《あく》たれついちまったからよ、ジジイをしっかと抱きしめてやってよ、うしろ髪を引かれる想いでな、サヨナラしてきたぞ〟

そう囁く鉄平の頬《ほほ》に、哀しい涙が浮かんで流れて、細い目がうるんでいた。

二人の互いの生命のうちは、これから先どうなるのか……闇の無気味さが生命の奥深くに盲《めしい》っていた。

しばらくして、昏《くら》い闇がまるでオブラートでも剥《は》がすように、ぼんやりと仄白《ほのじろ》く明るさを見せはじめた。

やがて、白っぽい薄闇のような現象が、篠原修の生命を灯し、仄白《ほのじろ》さが徐々に豁《ひら》けて、明るさを運んできた。

……どこかで、確かに、小鳥が鳴きはじめており、それは極夜から白夜に移り変わったように、周辺の宇宙に朝もやが静寂《しじま》に流れて徐々に目の前が象《かたち》を現《あらわ》しはじめていた。

篠原修の生命に、地獄の苦しみがパッと消えたような生命が踊り、驚愕《きょうがく》していた。恐る恐る周辺を視つめながら用心深く視つめていたら、後方から大きな叫び声が響いて振り返った。

〝た、た、助かったぞ！　吾郎さん、俺たちァ、助かったんだ〟

大声を張り上げてしっかりと二人は抱き合い、そして泣きながら狂喜していた。

生命・魂の躍動は言語に絶するものであり、大宇宙の不思議な端倪《たんげい》すべからぬ現象に、永く生命にまとわりついていた闇溜《やみだま》りから踊り出たことに戦《おのの》き、慟哭《どうこく》をし、生命悪の柵《しがらみ》から解放されたその光景は、まるで、一丁《いっちょう》の柝《き》を聴いているようであった。


生命に映った周辺の事物事象の光景に、はじめて目を瞠《みは》った。

清々《すがすが》しい緑が一面に姿を現し、森や林や草原が広がり、陽光がまぶしく輝き、木下道《こしたみち》には若草や花々が敷きつめられて、小川のせせらぎの水音が優しく周辺を包んでいた。

さわやかな甘い空気と風の香り、小鳥たちは唄い、樹々にはたわわに実がみのり、曼陀《まんだ》羅《ら》の白い花が咲き乱れ花ビラが降り注ぎ、どこからともなく唄声や楽器が奏《かな》でる音楽が流れて、叩《たた》く太鼓の音が広がって、それはまさしく楽園のユートピアの様相が荘厳に出現をしていた。


テレポーテーション、星の死体、三途の川の袂と続いてきた霊験《れいげん》なる中有《ちゅうう》の旅路は、途方もなく生命の変革をなして、死後の生命は生への歓喜《かんき》に向かって慟哭《どうこく》が止《や》まなかった。

〝吾郎さんよう！　良かったなあ！　ほんとに俺たちァ、三途の川から脱走することができたんだよな！〟

〝鉄平さん、脱走ではなくて、脱出ができたのですよ、ボクたちは〟

〝そうだとも言えるが、ま、何でもいいや。しかし何だいこの風景は？　まさか俺たちァ、天国に辿《たど》り着いたんじゃァねえのかい〟

〝そうですよ……地獄に行かずに済んだのですからネ……ここはきっと天国ですよ〟

〝一体、どこなんだろうな、どこかの星か〟

〝もしかすると……どこかの惑星に生まれ落ちているのかもしれませんネ〟

〝ナニッ、ワクセイだってか？　そりァ火星とか金星とかの星のことかよ、だとするとだ、人間みてえな宇宙人が棲《す》んでるのかもしれねえぞ……吾郎さんよ〟


近くで人の笑い声が風に流されてきた。

森林は優しく微笑み、樹々の枝には果実がたわわに実り、陽光が葉叢《はむら》のあいだに葉もれ陽をいくつも見せて、川の流れに漂《たゆと》う花ビラも、そして戦《そよ》ぐ風も、まさに楽園の天国を物語っていた。

清々《すがすが》しい朝の光にも似た白い光が地上を荘厳に射し、輝き光る大きな池には蓮華《れんげ》の白とピンクの大輪の花が水面に咲き競い清楚《せいそ》に耀《かがよ》って、冥《くら》く続いてきた生命に光明を投げかけていた。

じっと耳を澄ますと再び、種々の楽器が奏《かな》でる妙なる音を響かせており、天空からは、とてもめでたい花の曼陀羅華《まんだらけ》がパラパラと舞い落ちて、篠原修の魂はすっかりその光景に翻弄《ほんろう》されていた。

それらの光景は、映像的にも、色彩的にも、そして音響的にも、まさに絢爛《けんらん》たるイメージの競演のように観じられた。

なんという安穏な世界であろうか！

なんという美の世界であろうか！

なんという宝の樹々や花々に、木の実の多き世界なのであろうか！

なんと素晴らしい伎楽《ぎがく》や天鼓や音楽の世界なのであろうか！

篠原修の生命は死後の世界で、生命が大歓喜をして、魂が打ち震《ふる》えていた。

〝もし……そこにおられます、お二人さま。

よろしかったらどうぞ中に入って、天人師さまのご説話をご聴聞《ちょうもん》なさりませ……〟

大きな堂閣《どうかく》のような白い建物が、緑の林のなかに佇《たたず》んでいる前でのことであった。優美で清楚《せいそ》な微笑《ほほえ》みを投げかけながら、何とも表現し難いほどに、それは美しい女性が現れていた。

若草色のまるで天女のような衣《ころも》を身にまとって、おごそかに語りかけてきた。

二人は愕いて我が目を疑っていた。

漆黒《しっこく》の闇のなかからパッと出現した、あまりにも凄い夢の楽園の光景に出くわし、驚愕《きょうがく》したばかりなのに、更に美しい天女の出現に二人は驚天動地の愕きを禁じ得なかった。

その女性に案内されて白い堂閣のなかに入った二人は、更に驚き立ち竦《すく》んでしまった。

清々《すがすが》しくさわやかな香りを放っている檜《ひのき》の板で敷きつめられている大広間の中央に、一人の白い長髪で白い顎髭《あごひげ》を伸ばし、純白の作務衣《さむえ》を着た老師が座っており、天人師と呼ばれるその老師を囲み、数十人の老若男女が車座になって、満面に笑みを浮かべて天人師の説話に傾聴《きき》いっていたのである。

二人はおずおずと周囲を見回しながら後方にそっと座った。

〝みなさん……人間は何のために生きて、また死ぬのでしょうか。

生と死は、宇宙そのものの永遠にして大いなるリズムであるのです。

この生と死のリズムは、無数の生命の生と死、あらゆる現象の起滅、種々の次元の因果、そして宇宙全体の調和として現れてくるのです。

この生と死を、一日の行動に例えてみますれば、朝日が東天に力強く昇り静かに目を覚ます……これは〈生〉であり、その生の延長として一日の行動が始まります。

そして一日の行動を終えまして、疲れを癒《いや》すために休息の床につく……これすなわち一日の〈死〉でありましょう。

死というものは、次なる生のための言わば充電期間であると言えます。

ですから死を恐れることもなければ、忌《い》み嫌うこともなく、諦《あきら》めて地獄の道へと迷うこともないのです。

前世から今世《こんぜ》へ、また次の世の来世《らいせ》へと、生命そのものは永遠に続き、連続をしていくものであります。

生命は死後に、大宇宙のなかの生命に冥伏《みょうぶく》していきます。つまり溶け込んでいくのですが、溶け込んだけれども、決して他とは混《まじ》り合ったりはしないのです。

その訳は、それぞれの生命が独立していて、生前での営みや行動に応じて、いろいろな喜びや悲しみを歓じるのです。

それはちょうど、夢のなかで泣いたり、笑ったり、大声を発したりしているようなものであります。

　そして何かのきっかけで夢から醒《さ》めるように、縁に応じて再び人間に生まれます〟

〝オイッ、吾郎さん聴いたかよ！　いまのジジイのご託宣《たくせん》をよ！　まあったくうまいこと言うじゃァねえか……聴かせてくれるよナ〟

〝シイッ!!　鉄平さん、静かにして、聴いてください〟

〝ただし……生前にどのような人格や人間性を持っていたのかで、様々な縁に応じるのです！

　人に親切にしていたのかどうか！

　人を泣かせて苦しめていたかどうか！

　生きているあいだだけではなく、死後の世界でも、苦と楽が続くものです。

　仮に、また人間として〈生縁《せいえん》〉を受けたとしましても、生きていく人生行路のなかで、同じように、苦と楽が憑《つ》きまとい、連続していくのです。

　このように生死流転《しょうじるてん》が続くなかで、人間が前世から持っている〈生命《いのち》の業《ごう》〉つまりは生命のクセと申すものが憑《つ》きまとうのであります。

また生死流転は、人間も宇宙の森羅万象もことごとくが、過去・現在・未来、と三世永遠に繰り返されることがこの〈生命〉というものの当体であると言えるでしょう。

このことがわからなければ、涯しなく〈中有の旅〉は続き、いつまでも永遠に悲心の冥闇《くらやみ》からは逃《の》がれることはできません。

人間は人生を楽しむために生まれてきたのであって、決して悩み苦しむために生を受けたわけではないはずです。

娑婆《しゃば》世界では、人間が人間らしく生きて行くことすら難しい時代であり、人々が生きていく安全性よりも、死を迎える危険性のほうが、はるかに多く大変残念なことです〟

篠原修はこの老師が説いている〝生と死〟の内容をじっと、宇宙の生命空間から聴いているが、愕いたことにこの老師が師のニョーゼにあまりにも良く似ていた。もしそうだとすれば、この場で修が謹聴《きんちょう》していることを、師はたぶん、知っているのかもしれない……。

これまでの賛仰《さんぎょう》の師とは、どちらかと言えば物質世界での師弟の関係だったが、修がテレポーテーションを試《こころ》みたあと死後の世界からは、完全に精神世界の多次元生命の交流となっているようで、死後の世界で彷徨《さまよ》う修の生命を、こんな象《かたち》で慈《いつく》しみ、導いてくれている……そんな気持ちにかられながら涙していた。

〝さて、その生命のなかに巣食ってしまう悪い癖《くせ》ですが、人間の持つ三煩悩《ぼんのう》、つまり、貪《とん》〈むさぼる〉、瞋《じん》〈いかり〉、癡《ち》〈おろか〉といううじつに始末の悪い生命が人間を苦しめ、狂わせてしまうのです。つまり、人間の心身を煩わし、悩ませる種々の精神作用。

そうした種々の世界、あるいは精神世界という観点から見たら、宇宙の正しい生命流のリズムに合致せず、調和をしなくなってしまい、生と死が続くなかでじつに不幸な現象を生じさせてしまうのです。

でありますから、このキズつきしぼんだ生命は、宇宙のなかのあらゆる事態に対応ができなくて、生きること自体が苦しくなってしまうのです。

ではどうして煩悩《ぼんのう》に染められてしまうのでしょうか。その訳は、人間界における社会全体が悪世であり悪縁が多すぎ、人間が向上していく生命の軌道《きどう》というものが、なかなかに見当らないのです……。

先程、この当詣道場《とうけいどうじょう》にやって来られたうしろに座っておられるお二人も、何かしら軌道のない迷いの生命に引きずられて、三途の川の袂でうろうろしたり、冥闇《くらやみ》を彷徨《さまよ》い、苦悩することははだしく、悶乱《もんらん》の無軌道を浮遊されておったようです……が。

しかし、ここに来ることができ得たということはもの凄くラッキーなことなのですよ。例えて言うなれば、嵐のなかの大海で波間に漂う一本の流木を見つけて必死にしがみつき、奇跡的に助かったような、まことに大変幸運で非常に稀《ま》れな出遭いですよ〟

周りに座っていた全員が、後方にいる二人に大きな拍手を贈っていた。

そのなかで誰かがそっと囁いていた……映画の寅さんそっくりな人……だと。

六

寅さんこと鉄平は、勢いよく立ち上がって両手を上げて〝ありがとう、諸君〟と大声で応《こた》えた。

〝いえネ、じつを言うと私《あっし》はそっくりさんのテレビ番組で優勝しちまってからは、もう忙がしくってタイヘンだったんス。
寅さんトラさんと、偉《えれ》いもてちまってネ。
まさか、天国に来てまで人気を頂くなんざ、恐れ入谷《いりや》の鬼子母神《きしもじん》ときたもんだ〃
件《くだん》のごとく、鉄平は得意満面で手を振り、腹巻きに手を突っ込んで悦に入っていた。
吾郎は恥ずかしくて、うつ向いていた。

〃さてみなさん、話を続けましょう。

生と死とは、寝ては起き、起きては寝るが如《ごと》くに、生きては死に、死んでは生きる。

このように永遠に繰り返しながら生命を保持しています。つまり連続しています。

朝に目を覚ました時に、昨日の心の活動状態を今日もまたそのあとを追って活動するように、新しい生命は過去の業因《ごういん》をそのまま受けて、この世の果報《かほう》として生き続けなければなりません……！

これまでにしてきたこと、言ってきたこと、思ったこと、それらの影響が少しでも消えることなく、死後とその未来にまで永遠に続いていくものなのです。

例えて言うなれば、生命というものを別な観点から見ますれば……海を大宇宙と捉えると、現れては消え、消えては現れる〈波〉が、我々の生命であると言えるでしょう！　次から次と、波は生まれ続けている！

私は……阿僧祇劫《あそうぎこう》という、とても永いあいだこの天上界、即ち宇宙生命のなかに生き続けてきております。

先程、面白い方が、面白くなさそうな人と共にこちらに来られましたが、察するところお二人共、苦悩と煩悩《ぼんのう》が充満している娑婆世界を生きてこられ、なおかつ死後の世界へと身罷《みまか》ってすぐに三途の川まで行き、まだ恐怖の慟哭《どうこく》が生命をゆさぶり残っているようです。

それはつまり苦悩の〈此岸《しがん》〉から、安穏《あんのん》で喜びがあり、躍動や輝きや未来があります〈彼岸《ひがん》〉に、無事に到着された愕きからなのですよ〃

〃ヘエーッ！　彼岸《ひがん》とはそんなこむずかしい意味があったんですかい！　私《あっし》はまた彼岸てェのは春と秋の二回、ご先祖様の墓に線香をあげて、ボタモチ食うことだと思ってたんだが、違っちゃっていたんだ、天人様〃

鉄平はまた吾郎に注意されて、板敷を指でなぞりながら頭をかいていた。

場内は爆笑の渦が広がっていた。

〝さてその此岸《しがん》である娑婆世界では、エゴと欲望が中心なのです。しょせん大事なのは自分だけという人がなんと多いことか、だからして人間の孤立化が深まり、冷笑主義が進んでいるようですが、そうした社会の只中《ただなか》で、生命が転倒《てんとう》した人々の中傷や迫害があまりにも多すぎるようで、それはどうしてなのでしょうか。

なぜ善良な人が苦しみ、悪人がはびこり、エゴイズムが罷《まか》り通るのでしょうか。

文明の進化とともに、永遠性と普遍性《ふへんせい》をおびたどのような時代であっても、一貫した光彩を放ちゆく躍動《やくどう》した高度な人生哲学……つまり人生観や宗教というものが、現代の娑婆世界には絶対に必要なのです。

生前の濁った生命を浄化《じょうか》し、死後の苦しみ汚れた生命も同じく清める……また、生の成仏も、死の成仏も、同じように説き明かし解決できる人間生命の法則というものが求められている時代なのです。

冒頭《ぼうとう》に申し上げたように、死を迎えましたあと肉体から離れた生命は、大宇宙のなかの宇宙生命に融合されて再び、生死流転を繰り返していきます。

寅さん……イエ、鉄平さんも、吾郎さんも、三途の闇で危うく〝死の死〟を迎えようとされていたが、今はこうして生の流転のなかで、静かに虚空《こくう》での時を過ごされていることに感謝をすべきでしょう……〟

柏木吾郎が後方でおずおずとながら手を上げて、天人師に魂の赴《おもむ》くままに質問した。

〝先程天人師は、永遠性と普遍性のなかで光る高度な宗教が必要だと説かれてましたが、それは、独善や狂信ではなく、人類に普遍の精神性のあり方を与える宗教ですか？〟

〝吾郎さんは重要な質問をされました。

今、人間界では宗教の時代が要請されているようですが、はたしてどのような宗教が求められているのかを判断すべきでしょう。

それはこれまでの多くの世界宗教が、発展のあり方を正しく理解できない勢力によってハイジャックされ、健全な軌道を逸脱《いつだつ》してしまった歴史を持っているからです。

宗教が、人間を権威の支配下に置くのではなく、真に人間を解放しているか否かを根本の基準としたものでなければならないでしょう。

また宗教は、人々を権威に従属させる独断的な宗教と、自分で物事を考える人間を生みだすその手助けとなる宗教もあります。

それに宗教が人を眠り込ませたり、あるいは目覚めさせたりもします。

人間が宗教を持つことが、人間を強くするのか、弱くするのか、善くするのか、悪くするのか、賢くするのか、愚かにするのかという判断を誤ってはならないでしょう〟


黙して聴いていた柏木吾郎は、少しずつ魂が躍動をはじめ、再び手を上げた。


〝天人師の説話を謹聴《きんちょう》していますと、仏教の教えのようでもあり、神々の教示のようにも歓じられるのですが、この当詣道場《とうけいどうじょう》はどんな宗教の世界なのでしょうか？〟

〝神や仏とは……別の世界に存在しているものではありません！　これは自らの生命で魂で感知し得るものであり、本来は自分自身の胸中に内在するものと言えるのです。

これは余談ですが……アメリカの宇宙飛行士の三人が、月面に降り立った際に、宇宙そのものが〈神〉と歓じ、神秘なる神を魂で感じ、無限なる宇宙生命の存在を感知して宗教的畏敬《いけい》の念をいだいた……つまり、宗教的感情というものを彼ら三人は強く感じたのでしょう。

宇宙は元来、ある種の調和が備わっていて、その調和は、それを感知できる人間の心に深い感情を起こさせる力を持っているからなのでしょう。

宇宙飛行士はそうした深い意味での縁・というものに触れて起きる神・を感知したのだと思います。

また仏とは〈生命〉であり、生命の表現で、宇宙生命の一実体とも言えるのです。

ですから、吾郎さん質問の〈どんな宗教〉であるのかは、いまの瞬間のこの場の現実に吾郎さん自身の生命が縁に触れて起きる宗教的宇宙感情のなかから、ご自分で感知されることであると申せましょう〟

柏木吾郎は優しく生命の奥深くまで響き渡る天人師の、まるで言霊《ことだま》のような一言一句を魂の奥から覗《のぞ》き謹聴《きんちょう》していた。

〝大変長くなりましたが、私の説話はそろそろ終わります。

この場におられる方々の死後の生命は、とても清らかで歓喜に満ちたものです。

ここはご存知のように種々の宝で飾られた豊かな園林や、諸々の堂閣があり、樹々にはたくさんの花々が咲き乱れて、多くの木の実がたわわに実り、香りを放っており、また多くの天人たちが笛や太鼓に、種々の楽器で、常に妙なる音声《おんじょう》を奏《かな》でて、天空からはとてもめでたい曼陀羅華《まんだだけ》の花々がふり注ぎます大化城《だいけじょう》のユートピアなのです。

これまでみなさんは、私の言葉を少しも聴きもらさず、真剣に永遠の生命のなかで虚空《こくう》の会座《えざ》の時を過ごされました……。

あなた方はいまこうして不壊《ふえ》の浄土《じょうど》で魂を清め、まもなく中有の旅を終えようとされています。

みなさん方は死から生へと生き還《かえ》ろうとされるなかで、死後の生命が永遠に宇宙のなかに存在することを事実として視てこられ、これから〈生縁〉を受けて、自分が希《ねが》うところに還れるのです！

生縁を受け生きて征《い》く方途としましては、国や人種や肌の色の違いや、様々な差異を乗り越えて、それぞれが異体を同心にして幾世《いくせ》にも幸福な〈生と死〉を、この広大無辺で永遠に脈打つ宇宙のなかで繰り返しながら臆《おく》しもしないで、人間の絆《きずな》を守り合って征《い》ってください。

最後に一言申し上げておきたいことがあり、是非、心にとどめておいてもらいたい！

この深遠で無始無終なる大宇宙の生命は、永遠の時間と無限の空間によって成り立っておりますが、宇宙空間には目には見えない数百兆、数千兆もの無数なる極微小の粒子が遍満しております。

この超極微小の粒子が無の空間のなかに蠢《うごめ》き、物質として生まれて、様々に波動を起こして気が遠くなるような時を経て、やがては星になります。

人間はその星の灰から出来ているのです。人類の起源の進化は、はるか彼方の宇宙の出来事と深く結びついております。

あなた方は、元々、星から生まれ、そしてこの深遠《しんえん》な宇宙生命の時のなかで、ほんのしばらくのあいだ、地球という惑星に棲《す》んでいたのです……今のこの瞬間の中有の旅のなかで、死から生への転換は、宇宙の生命史から見ればわずかな出来事にすぎないのです。

生前のいかなる事象も、今回の中有での体験も、永遠という壮大な宇宙のスケールから視れば、これは一場の夢の出来事にすぎないのです。

あなた方はこれから生縁を受けて、時間の長短の差はあったとしても、それぞれが生まれた星や、国にもどり、新たなる旅立ちがはじまると思います。

先程申しました宇宙の謎の極微小粒子群のダークエネルギーが次元間波動を起こして誘《いざな》ってくれることでありましょう〟


天人師はそう言葉を残して、銀河風の生命流の遍照《へんじょう》のなかに消え去った。

最後にまったく思いがけない、星と人間の関連性を説き〝宇宙の影の世界〟と恐れられている謎の粒子群のことを説いた内容に、聴聞者たちの生命の奥深くに感動の喜悦《きえつ》が爆《は》ぜていつまでも戦《そよ》いでいた。

還《かえ》る

虚空《こくう》での生命の会座《えざ》のなかで、列座していたそれぞれの死後の生命は、まるで群青の秋空がポッカリと豁《ひら》けたように、死後の世界の生命が心地よく濯《すす》がれていた。

この虚空での一遍のドラマが続くなかで、馥郁《ふくいく》たる生命を寿《ことほ》ぐような天人師の姿に、柏木吾郎も鉄平も、そして全員が神々《こうごう》しいほどの畏敬《いけい》の念を抱きながら、生縁を無事に受けられることの奇跡に慟哭《どうこく》し、快挙に慄《ふる》え、そして滾《たぎ》るような歓喜《かんき》が、それぞれの生命、魂のなかに、喧《けたた》ましいほどに一気呵成《いっきかせい》に溢《あふ》れていた。

篠原修は天人師が述べていた〝生も死も、人間の自由な意志から、はるか彼方の宇宙の多次元で厳然と行われていて、人間はただその生死の大海のなかで浮遊をしている〟との言葉を、銀河風が蕭々《しょうしょう》と鳴るなかで想い返していた。

生前の己の生命に投影されていた習《なら》い性《しょう》になっていた生命液が、今回の中有の旅の体験によって、吾郎や鉄平と同様に、何かしら自分自身も稀釈《きしゃく》されていくような嚆矢《こうし》を強く歓じられた。

また三途の川の此岸から、輝きと賑《にぎ》やかな音楽、美しい園林諸堂閣《おんりんしょどうかく》、それに宝樹多華果《ほうじゅたけか》と、嘉《よみ》する彼岸の世界をつぶさに視つめてきて、この異なる二つの次元の世界の体験が、実際には何かしら敷衍《ふえん》しているように思えて、地獄を歓じ、歓喜の生命を歓じたことは、宇宙生命の永遠性を感得した体験が、修の死後の生命が、まさに馴致《じゅんち》させるものであった……と言えるだろう。

修は天人師の言霊《ことだま》の声や、心音を、はるかなる時空を超えてきた次元を超えて聴いた思いがしてならず、静かに中有の旅を振り返りながら、粉《まご》うかたなき死後の世界に触れたように歓じ、大宇宙に燦々《さんさん》と光り輝く遍照《へんじょう》のその先の、生命の帳《とば》りのなかに誘《いざな》われた。

久々にエレナは、夜のサンディビーチで海風に吹かれながら、わずかな磯の香りが匂うなかで、過ぎしこの場所でのさまざまな出来事を想い返していた。

上空には犇《ひし》めく星屑《ほしくず》が夜空を彩《いろど》り、流れ星が光のラインを残して消えていた。

夫のオサムの正体を初めて知ったこの場所でＵＦＯとの遭遇をしたあの夜の愕き……今は亡き母親のマサエと共に衝撃に戦《おのの》いたあの瞬間……ＵＦＯ、テレパシー、超能力者、異星人ニョーゼ、グランドキャニオン、小惑星の地球への衝突回避……！

奇人、変人、宇宙人と称されていた夫のオサムは、またもや宇宙へと旅立っていた。

人類のためだとか、地球の恒久の平和のためであるとか、妻も家庭も顧《かえり》みず、まるで人類の代表者であるように勘違いして、正常な生活から乖離《かいり》して地球と人間を治め秩序あるものにする〝経綸《けいりん》の才《さい》〟でもあるが如くに振る舞っていた禍禍《まがまが》しい過去には決別したはずであった……。

なのに、穏やかなマノアの家での静謐《せいひつ》な暮らしに戻っていたにも拘《かかわ》らず、再び、何も告げずに家を離れて今日で四十九日となっていた。

大空に舞うタコの糸がプッツリと切れたように行方不明となっても、必ず、帰ってきてくれていたが、今回もまた、ほのかに帰って来るような期待がエレナになかったらウソになる……！

超感覚的知覚、精神の一体性、霊性、ある種高次元の意識を持つ特殊な超能力を持つ男の存在は、妻のエレナにとってはそれが幸福でも何でもなく、ただ不安なだけの人生でしかなかった。夜風が肌を襲うサンディビーチに人影はなく薄明かりのなかにエレナはポツンと佇んでいた。

潮騒の音が広がり、遠く暗闇の水平線上空に夜間飛行の灯がちらついて見えていた。

自分自身に生きる……これは簡単なことでなく、実は大変に難しい。

世界でたったひとつしかない自分の人生を愛《いと》しみ、一日一日をていねいに生き、一生を自分らしく仕上げていくことは難しいが、かといって何の目的もなく流離《さすら》い歩む日々はなんと空しいことであろうか。

一人の人間が、一生に経験することには限りがある……しかし私は、オサムを夫に持ったことで、他の人が経験でき得ない特殊な数々の出来事を体験してきている。

人生の深さ、世間の広さを知り、人間を洞察し、そして社会を見る目を養うこともできたことは感謝すべきなのだろうか……！

サンディビーチの上空は月光が皓々《こうこう》と輝きを増し、風は海から後方のココヘッドの山の方向に流れていた。

東南の夜空に何かがキラリと光って、上空に静止した。

エレナは虚《うつ》ろな眼でボンヤリと見るとはなしに、その青白い光を追っていた。

まさかテレパシーでUFOが飛んで来るはずもなく、我に返ってエレナが車に戻り帰ろうとした瞬間、頭上が急に真昼のようにパッと明るくなって、目が眩《くら》んでしまっていた。

それはほんの数秒間の出来事であり、眼が元の状態に戻ったら暗闇のなかであった。

すると、東方のマカプウ岬《みさき》の方から岩場を誰かが歩いて来ているのが薄明かりのなかで幽《かす》かに目に映った。

エレナは気味が悪くなり、車のエンジンをかけてヘッドライトを点《つ》けた直後に、驚愕してしまい、大声で叫んでしまった。

なんとそれは……薄闇のなかを近づいて来ているのは、まぎれもなく、夫の篠原修であった！　途端《とたん》にエレナは全身に鳥肌が立って、頭のなかが真っ白になってしまった。

テレポーテーションで次元間移動を体験し、多次元世界の生命に触れ、星の死体を発見した。死後の中有の旅を彷徨《さまよ》って貴重な三途の川での出来事に触れることができ、大化城での虚空《こくう》の会座《えざ》の天人師との遭遇後、再び地球へと生命の帰還を成し遂げたのだ。そして愛する妻の胸に抱かれた。

皓々《こうこう》と輝きを増し満ちゆく満月の如く、また刻々と漲《みなぎ》りゆくハワイの海原《うなばら》の潮《うしお》の如く、生命力を湛《たた》えながら夜の渚《なぎさ》にて。

了

参考文献

『コスモス』カール・セーガン著、木村繁訳（朝日新聞社）

ノーマン・リキヒサ

1940 年　佐賀県生まれ。
1995 年　9 月　『宇宙の囁き』〈近代文芸社〉
2000 年　8 月　『続 宇宙の囁き』〈新風舎〉
2002 年　5 月　『宇宙の囁き 完結編』〈新風舎〉
2010 年　12月　『宇宙の鼓動』〈東洋出版〉
などの著書がある。ハワイ在住。

宇宙《うちゅう》の鼓動《こどう》　II　神《かみ》の礫《つぶて》編《へん》

二〇一三年十一月七日　第一刷発行

著　者　ノーマン・リキヒサ
発行者　田辺修三
発行所　東洋出版株式会社
〒 112-0014　東京都文京区関口 1-23-6
電話　03-5261-1004（代）
振替　00110-2-175030
http://www.toyo-shuppan.com/
印　刷　日本ハイコム株式会社
製　本　ダンクセキ株式会社

ISBN 978-4-8096-7703-8 C0093
定価はカバーに表示してあります